Zwischenstation

Berit Geißler

Zwischenstation

Herstellung und Layout: Books on Demand, Norderstedt
Umschlagfoto: Michaela Woelk

ISBN 3-8311-3838-9

Vielen Dank Michaela, für Deine uneingeschränkte Hilfe und Deine langjährige Freundschaft.
Du vervollständigst mich.
Danke Adele, Du bist mein emotionaler Ausgleich und die gute Seele, die den Glauben an die positiven Dinge im Leben hoffentlich weiterhin auch nie verliert.

Berit

Nichts wird so leicht für Übertreibung gehalten, wie die Schilderung der reinen Wahrheit.
(Joseph Konrad)

Inhalt

Vorwort

(Für Sabine und Achim)

Im Juni 1989 verließen wir freiwillig aber dennoch nicht ganz freiwillig auf abenteuerliche Weise unsere Heimat und unser Land. Vor allem aufgrund meiner familiären politischen Vorgeschichte, war es uns fast nicht möglich, nach der spektakulären Flucht meiner Eltern, die ich auf dem MdI (Ministerium des Inneren) als vermißt melden mußte, in der ehemaligen DDR zu verbleiben. Völlig arglos und ohne jegliche Gedanken, unser Land zu verlassen, machten wir 1989 unsere Hochzeitsreise nach Ungarn. Die Freunde meiner Eltern und gleichzeitig Bedienstete des Staates in Ungarn hatten uns eingeladen, kostenfrei bei ihnen zu wohnen, allerdings hatten sie hohe Positionen beim Militär und offenbar von der Flucht meiner Eltern erfahren. Unser dort geplanter gemeinsamer Urlaub scheiterte nach unserer 14-stündigen Anfahrt mit einer Nachricht an der Tür, daß wir bitte verstehen, unter diesen Umständen dort kein Quartier beziehen zu können. Unsere Reise sollte also enden, bevor sie angefangen hatte, als DDR-Bürger, fast mittellos und völlig unvorbereitet auf einen Campingurlaub. Unsere einzige Alternative hieß Zeltplatz, wenigstens für eine Nacht, um uns zu erholen, von der strapaziösen Anfahrt. In einem wirklich abgewohnten und kein bißchen komfortablen Bungalow wollten wir übernachten und am nächsten Morgen die Heimreise antreten, da unser Wochenbudget und Umtauschsatz (das war für DDR-Bürger streng vorgeschrieben) für weitere Übernachtungen nicht ausreichend war. Unmittelbar nach unserer Ankunft auf dem Campingplatz parkte vor uns ein Wohnmobil mit Schweizer Kennzeichen. Der Mann, einige wenige Jahre älter als wir, rief uns zu und fragte, ob es uns störe, wenn er dort parke, es sei nur für 2 - 3 Nächte. Das war der Beginn einer langen Beziehung und gemeinsam erlebten Flucht, mit tagelangem Ausharren auf Botschaften, Übernachtungen, teilweise auf der Straße (da 6 Personen und eine Katze im Wohnmobil definitiv langfristig zu viel sind), die Durchquerung des halben Landes, da auf Ungarnseite Schießbefehl, das waren tief erlebte Nähe und Trauer, Abschied und Verzweiflung und das war Lebensangst, drei Personen eingebaut acht Stunden in einem Wohnmobil, ein trotz schwerster Beruhigungs- und Schlafmittel schreiendes Baby, eingenäht mit meinem Mann in der Schlafkabine und Bettmatratze, während ich im Wassertank verblieb. Gepaart mit einer Magen-Darmverstimmung entkamen wir alle, zumindest körperlich unbeschädigt, den "Fängen" der sozialistischen Fanatiker. Die Freudenschreie und das Trommeln gegen die Schlafkabine nach Erreichen jugoslawischen Bodens, die Tränen und die Hilflosigkeit in diesem Moment, die Stärke, das Gefühl, dieses so gut gesicherte und bis ins Detail krankhaft überwachte, fanatische System überlistet zu haben, gab uns Kraft, nur mit unseren Papieren ausgestattet den Schritt in eine ungewisse aber erwartungsfrohe Zukunft zu wagen.

10

Herzlich Willkommen I.

Wir verbrachten völlig entkräftet und nervlich ziemlich beansprucht, einige Wochen in der Schweiz, mußten uns aber schnellstmöglich in Westdeutschland anmelden. Von der Schweiz aus tätigten wir die wichtigsten Telefonate. Veit rief seine Eltern an, da unsere Wiederkehr und Rückreise aus Ungarn seit Wochen überfällig war. Der Schock und die Traurigkeit dieser unserer Entscheidung war zumindest bei Veit's Eltern nicht zu überhören. Sein Vater hatte so wenig Verständnis, daß er sich anfangs weigerte, mit seinem Sohn zu sprechen. Jegliche Kontakte liefen damals über seine Mutter, immer mit der Angst im Nacken, der verbleibenden Familie im Osten noch mehr zu schaden. Republikflucht schien das schwerste Verbrechen überhaupt gewesen zu sein und wurde bestraft in einem Ausmaß, wie man es sich heutzutage gar nicht mehr vorstellen kann. Jeder war verdächtig und jeder wurde verdächtigt, der auch nur geringste Kontakte zu diesen Personen pflegte. Ganze Familien und deren Kinder wurden gleichzeitig am selben Tag zur selben Uhrzeit abgeholt und getrennt voneinander "verschleppt". Ganze Einsatzkommandos beschäftigten sich mit nichts anderem, als Familien zu bespitzeln und auseinanderzureißen, Geschwister zu trennen und separat in Heime zu stecken, die Jahre später erst erfuhren, was aus dem Rest der Familie geworden ist. Politisch Inhaftierte wurden unter widrigsten Zuständen bestraft für eine Sache, die völlig legitim ist aus heutiger Sicht. Alle wollten nur ein bißchen mehr Freiheit, ein bißchen Fernweh umwandeln in Heimweh, ein bißchen teilhaben, an dem Konsum, der für den Rest der westlichen

Welt Alltag war seit Jahren. Nach dem illegalen Fortgang meiner Eltern, "gastierte" die Stasi täglich entweder bei uns oder begleitete mich als Eskorte zur Arbeit. Als Angestellte in einem, damals größten und bekanntesten Rechenzentrum, waren derartige Mitarbeiter mit politisch nicht korrektem Umfeld nicht tragbar. Kontakte zum Klassenfeind waren nicht zu vertreten und führten zu einberufenen und schnell improvisierten Kadersitzungen. Die Vorbereitung der Flucht meiner Eltern war damals von uns allen so genial organisiert. Monatelang trugen wir gekonnt und heimlich immer wieder jegliche Kostbarkeiten und persönliche Dinge aus der Wohnung und tauschten diese ein, gegen Trödel oder andere Möbelstücke, die trotz ihrer Einfältigkeit und teilweise optischen Häßlichkeit einen wohnlichen, zugegeben seltsamen Einrichtungsstil widerspiegelten. Keiner ging so oft spazieren und einkaufen, wie damals meine Eltern und wir. Wir verkauften im Vorfeld schon ihr Auto, was an sich schon verwunderlich war, da kein Mensch freiwillig einen fast neuen Wagen hergab. Für besondere Verdienste für das Vaterland konnten ausgewählte Funktionäre oder andere "Volkshelden" eine Reise nach Jugoslawien beantragen. Waren sie politisch korrekt und seit Jahren überwacht und ohne Auffälligkeiten, stand dem nichts mehr im Wege. Gab es Zweifel, wurde die kurzfristige Ausreise aus dem Land jeweils nur einem Familienmitglied gewährt, zeitversetzt und nur bei Rückkehr, durfte dann der andere Partner reisen. Meine Eltern durften gemeinsam nach Jugoslawien reisen und nur wir und einige ausgewählte Freunde wußten, daß dies ein Abschied für ganz lange Zeit sein könnte. Keiner konnte zu dem Zeitpunkt die Entwicklung im Land und in Europa ahnen. Wenige, ganz wenige, so glaube ich, hätten ihre Heimat verlassen, hätte man auch nur ansatzweise das

Ende dieser "Diktatur" vorhergesehen. Das Martyrium was sich für uns aus dieser geglückten Flucht meiner Eltern ergab, war für uns, für mich und meinen Mann und unsere kleine Tochter der Anlaß, ebenfalls und diesmal ohne jegliche Vorbereitung, zu fliehen. Es war mir völlig bewußt, daß Veit's Eltern natürlich dazu keinen Zugang hatten, da sie nicht ahnen konnten, was im Vorfeld in D. alles passiert ist. Sie fühlten sich betrogen und verlassen, sie unterstellten uns irgendwo, daß dies eine geplante Aktion war und alle, nur sie nicht, davon wußten. Keiner wußte davon, noch nicht einmal wir selber. Veit redete sich am Telefon um Kopf und Kragen, eine Form der Rechtfertigung und Hilflosigkeit und ein ganz klein wenig Heimweh, nach den vielen Wochen der Flucht und des Zigeunerlebens.

Herzlich Willkommen II.

Hans, ein langjähriger Freund meiner Mutter aus H. besuchte uns oft im Osten. Wenn er sich anmeldete, war die Freude groß, aber auch die Panik monatelang vorher, Dinge zu besorgen, Essen und Lebensmittel und Gemüse zu servieren, die man nur "unter der Hand" erstand, einen Plan zu erstellen, ihm und seiner Familie die schönen Seiten des Ostens zu präsentieren, zu widerlegen, daß alles im Osten schlecht sei, seinen dramatischen Schilderungen nicht zuzustimmen, von dem Bild, welches er sich von UNS machte. Wahlweise kam Hans mit Ehefrau oder Geliebten und lebte sein Sexleben und seine Bedürfnisse in vollen Zügen. Sein wenig erzogener und seelisch völlig vernachlässigter Sohn, sprang über Tische und Stühle, verschönerte unsere Wände und Sofas mit Schokolade oder Buntstiften oder machte als Schulkind immer mal noch gern in die Hose, statt auf das WC zu gehen. Hans genoß seine Position als Macho, sein Äußeres schien ihn unwiderstehlich zu machen, seine Frau und er betrogen sich abwechselnd, bis die Ehe scheiterte und Hans den Sohn behielt. Daraufhin begann Hans ein Leben, was daraus bestand, sich mit reichen Damen und Freunden zu profilieren, kurzzeitig im Jahr zu arbeiten, genauso lange, bis er genügend Geld hatte, sich seine vielen Reisen rund um die Welt zu finanzieren. Alljährlich bekamen wir eine Postkarte mit immer demselben Wortlaut "Gruß Hans".

Später dann heiratete Hans erneut, eine wesentlich jüngere Frau und beide bekamen Zuwachs. Hans schien geläutert, lebte ein völlig normales Leben, arbeitete regelmäßig und beglückte uns mit Post, Fotos und hin und wieder mit einigen kleinen Paketen. Bei seinem letzten Besuch versprach er, sollte ich jemals das Bedürfnis haben auszureisen, wolle er alles unternehmen, mir sowie meinen Eltern dabei behilflich zu sein. Er war unser erster Ansprechpartner und bot uns an, ihn direkt zu besuchen und von H. aus unsere Zukunft zu planen. Über dieses Angebot waren wir so dankbar. Mit einer Unterkunft bei Bekannten oder Freunden umging man die Auffanglager in Hof oder Giesen, die zum damaligen Zeitpunkt zum Bersten voll waren. Erneut hieß es Abschied nehmen, von den Freunden Armin und Susanne und ihrer Tochter Lisa aus der Schweiz, die so viel für uns getan hatten, uneigennützig und voller Engagement.

Wir fuhren alle gemeinsam nach H. zu Hans. Die Fahrt war höllisch. Susanne sowie Lisa vertragen keine Autofahrt und viertelstündlich erbrach sich eine von beiden derartig, daß wir dauernde Zwischenaufenthalte hatten und dies wohl im Leben die längste Fahrt mit den vergleichbar wenigsten Kilometern war. Meine Eltern, die ebenfalls in H. waren, um Hans zu besuchen und einen eventuellen Neuanfang dort nach gescheiterter Wohnungs- und Arbeitsuche in M. zu starten, warteten schon auf uns, nicht aber unbedingt erfreut über unsere überlebte Flucht, sondern entsetzt über diesen frühen Zeitpunkt. Geplant war, ihre persönlichen Dinge Stück für Stück per Paket in den Westen zu befördern, so viel wie möglich eigene lebenswichtige und bereits vorhandene Dinge zu schicken, um das Geld im Westen zu sparen. Aufgrund unseres Verschwindens ruhten nun auch deren Gegenstände in unserer Wohnung und das war uns, um ganz ehrlich zu sein, relativ egal.

Endlich angekommen, klingelte ich an der Tür von Hans und Ingrid Heberle. Die Tür öffnete sich und Ingrid trat hervor. Klein, zierlich, markante und etwas katzige Gesichtszüge – laut Hans's Schilderungen die (!) Traumfrau. "Ah, grüß' Gott, Sie bringe bestimmt die Caroline!" säuselte sie. "Nein, ich bin die Caroline!" erwiderte ich. Ihr Lächeln erfror und sie rang sichtlich nach Fassung . "Sie sind die Caroline?! Isch hab' Sie mir gansch andersch vorgestellt. Der Hansch hat sie mir gansch andersch beschriebe." Hinter ihr tauchte meine Mutter auf und begrüßte mich relativ flüchtig und erkundigte sich als erstes nach ihrem Spätzle Clara. Mein Stiefvater erschien: "Ne, daß ihr schon abgehauen seit! Mensch, das war doch alles ganz anders geplant! Habt Ihr wenigstens unser Zahngold gerettet?!" (Zahngold, die absolute Rarität im Osten als Vorsorge für zahnlose Zeiten). Was für eine Begrüßung! Hans kam und nahm uns der Reihe nach völlig theatralisch in die Arme und sagte zu mir: "Tja, Caroline, schau her, dasch isch mein Haus. Hier wohne isch und isch bin mir sischa, dasch ihr dasch auch alles habt, wenn ihr so alt seid, wie isch!" Ich begutachtete mir das alte, leicht verfallene Fachwerkhaus, was provisorisch von einem Gerüst umhüllt und an einigen Stellen bereits weiß überstrichen war. "Isch wuscht' ja gar net, dasch Du so hübsch g'worde bischt und so schlank! Aber hascht Du dasch Figürsche von meine Ingrid scho` gesehe?" Ingrid eilte herbei und schmiegte sich an Hans. "Weischt Du Caroline, isch hatt' ja so eine Angscht wie ihr redet, aber ihr redet ja gansch normal, isch dacht' schon, dasch isch eusch gar net verstehe würd'" war Ingrids Kommentar nach einigen kurzen Schilderungen unserer Fahrt. Hans nahm meine Mutter in seinen linken und mich in seinen rechten Arm und sagte: "Mensch Hanna, du hascht ja ei' schönesch Mädsche" woraufhin meine Mutter leicht künstlich lächelnd antwortete: " Tja Hans, früher warst Du scharf auf mich, heute bist Du's auf meine Tochter!"

16

Wir gingen ins Haus, nicht unerwähnt blieb der Preis der Küche und das die Ingrid hier alles selber gemacht habe, da es ihr Geschmack sei und sie nach der Trennung von Hans und dessen Ex-Frau alles anders und kreativ umgestalten wollte.

Nach der Verabschiedung von Armin und Susanne war es uns schwer um's Herz; diese unkomplizierte und erfrischende Zeit, der zwanglos gelebte Alltag war nun Vergangenheit, diese Normalität, mit der diese beiden Menschen uns diese völlig neue und fremde und uns so verwirrende Welt beinah spielerisch darboten, sollte so schnell keine Wiederholung finden.

Wir waren da! Wir waren dort, wo Millionen gern gewesen wären! Wir waren am Ziel unserer Träume und Vorstellungen! Wir waren im Westen! Wir waren bei Hans und Ingrid! Zum Erfrischen nach unserer Ankunft, warteten im Badezimmer außer Wasser und Seife auch Desinfektionsmittel, mit dem Hinweis, dies bitte nach jedem Toilettengang zu benutzen, da Ingrid schon einmal sehr krank gewesen sei und unglaublich "fies" vor fremden Menschen. Tja dann, herzlich willkommen!

Der Anfang?

Nach einigen Tagen im Hause bei Hans und Ingrid, mußte Veit dann dennoch nach Hof ins Lager, um alle notwendigen bürokratischen Dinge, wie Anmeldungen etc. zu besorgen. Der Zustand und die familiäre Situation im Haus spitzten sich aufgrund der ständigen Konfrontation mit meinen eher frustrierten Eltern zu. Es entstanden fast zwei Lager. Die schon länger anhaltende Rolle meiner Eltern als Dauergast bei verschiedenen Freunden und Bekannten war unbefriedigend, die Aufgabe jeglicher Selbständigkeit, diese ewige Dankbarkeit und Rücknahme seiner eigentlichen Bedürfnisse, forderten auf kleinstem Raum große Toleranz. Die Wohnungssituation war geradezu aussichtslos, der Jobmarkt ebenfalls.

Clara, unsere Tochter, ich, mein Stiefvater und meine Mutter wohnten auf circa 14 Quadratmetern mit im Haus von Hans. Ingrid, Hans und deren Tochter Tanja, damals 6 Monate alt, waren bemüht so gut es ging. Wir engagierten uns redlich, zu helfen, zu putzen, zu kochen und uns so unauffällig wie nur möglich zu benehmen. Bald schon entpuppte sich Hans als absolute Autoritätsperson und zeigte sich von seiner wahren Seite. Er schränkte sich kein bißchen ein, lebte unverblümt sein Leben, ohne zu vergessen, uns als gestandener "Wessimann" die Richtung zu weisen und uns das wahre Leben und seine Philosophie davon aufzudrängen. Morgens gegen sieben Uhr wurden alle von Hans geweckt mit der Bemerkung, daß er auch nicht bis acht oder neun schlafen könne. Bald wurde uns klar, welche Herkunft wir hatten und wie zweitklassig wir behandelt worden. Der Leitspruch jeden Tag von Hans lautete:

"Wer bei mir lebt, muß auch hart dafür arbeite!!!" So stand mein Stiefvater nach seiner schweren Bandscheibenoperation in schwindelerregender Höhe auf dem Gerüst und führte Dacharbeiten aus, während meine Mutter sich um die Kinder kümmerte und ich den ganzen Tag das Haus desinfizierte. Ingrid entpuppte sich als wahre Köchin, zauberte die leckersten Gerichte und ließ sich feiern. (Heute weiß ich, daß dies nicht selten Fertiggerichte von Billigmärkten waren.) Hans war im Ort bekannt und, laut seiner eigenen Einschätzung nach, beliebt, was er immer unterstrich mit den Worten: "Die Leut' wisse, daß ich der Herr Heberle bin, der Installateurschmeischter von H. und dasch is´ die Frau vom Meischter Heberle."

Allabendlich saß Hans in seinem unendlich teuren Jogginganzug auf dem Sofa und beklagte sich über seinen Tennisarm. Ich fragte ihn, ob es denn bei solchen Schmerzen und Massagen nicht sinnvoller wäre, sein häufiges Tennistraining zu reduzieren. Ich erfuhr, daß dies überhaupt nicht ginge. "Weischt Du Caro, dort treffe sich alle Leut', die wo bisschje mehr Geld habe und selbständisch sinn, die Freund' von mir, würde misch dort sehr vermisse."

Hans ist selbständig. Hans ist Meister. Hans hat eine Werkstatt. Die Werkstatt ist für zwei Personen zu klein. Deshalb ist Hans auch sein einziger Mitarbeiter.

Mir fehlte meine vertraute Umgebung. Meine persönlichen Dinge. Meine eigene Kleidung. Außer einigen Kleiderspenden, zum Teil in der falschen Größe, hatten wir für wechselnde Witterung nicht viel dabei. Ich war erschöpft und müde. Die Strapazen der letzten Wochen, die Heimatlosigkeit und die ständige Angst auf der Flucht, ertappt und als Vaterlandsflüchtling überführt zu werden, steckte uns noch wochenlang förmlich in den Gliedern. Clara hatte wenig Spielzeug dabei und konnte natürlich nicht verstehen, wieso die kleine Tanja so ein Übermaß an lustigen und bunten Dingen besaß, die bei Zugriff von Clara nicht unbedingt freundlich dokumentiert wurden. Ich war ständig damit beschäftigt, unsere Anziehsachen und täglichen Dinge separat von Ingrids Sachen zu waschen, was verständlich ist, wenn es sich dabei um Unterwäsche handeln würde. Hierbei ging es um kleine Kinderpullover oder Höschen. Einmal nahm Clara den Schnuller aus Tanja's Kinderwagen und steckte sich diesen in ihren Mund. Ingrid bekam hektische rote Flecke im Gesicht und sterilisierte das Teil umgehend. Ich hatte nicht eine Mark, um Clara einen eigenen Schnuller zu kaufen. Wir waren völlig ausgeliefert. Veit war noch immer nicht mit den Anmeldeformularen zurück, so daß die nötigen finanziellen Dinge auch nicht angekurbelt werden konnten. Mittags ging ich mit Clara auf einen kleinen Spielplatz hinterm Haus. Dieser bestand aus einer rostigen Rutsche und ein wenig Sand. Ich war müde und hätte Schlaf dringend gebraucht. Im Haus von Heberles wurde mittags nicht geschlafen. Der Mann im Haus konnte dies ja auch nicht. Es war ein ganz heißer Sommer. Clara spielte im Sand. Ich saß an der Hausmauer neben ihr und war eingeschlafen.

Nachdem die Situation und die Vorwürfe meiner Eltern bezüglich unserer unüberlegten Flucht dramatische Ausmaße nahmen und auch meine Mutter mit der Form von Gastfreundschaft die Grenze ihrer Gutwilligkeit erreicht hatte, beschlossen sie, wieder nach M. zurückzufahren und dort ihr Glück zu versuchen. Vorwurfsgegenstand war, daß in D. noch beschlossen wurde, wenn meine Eltern sich eingerichtet und sich ein halbwegs normales Leben nach ihren Vorstellungen aufgebaut hätten, würden sie, wenn es unser Wunsch sei, für uns alles vorbereiten, daß wir nachkommen könnten – irgendwann. Die einzige Sorge meines egoistischen Stiefvaters war sein Guthaben, sein Eigentum und seine nun durch uns ruinierte Zukunft. Unsere Situation war noch ein wenig schlimmer. Mein Stiefvater hat in M. einen leiblichen Sohn, der zum damaligen Zeitpunkt bereits seit mehreren Jahren mit seiner Familie in M. lebte und finanziell unabhängig und gut positioniert war. Wir hingegen, hatten ein kleines Kind, keine Wohnung, kein Geld, keinen Job, keine Perspektive! Es war unser Wunsch und unsere Entscheidung und egal was passiert wäre oder ist, uns hat niemand dazu gezwungen zu gehen, wir haben all das so gewollt. Wir haben alles und alle zurückgelassen, um erstmal Dinge zu machen, wie zum Beispiel ununterbrochen WC's zu desinfizieren. Und das war uns bewußt und zum damaligen Zeitpunkt nicht erwartet, aber durchaus kalkulierbar. Wir waren nicht verwöhnt und schwebten nicht in Illusionen. Wir wollten es schaffen, in dieser anderen Welt und der Preis dafür, war zu Beginn der absolute Verlust aller materiellen und persönlichen Eigentümer.

Meine Eltern hatten sich entschieden abermals zu gehen. Ohne mich. Ohne uns. Ohne Interesse an meinem / unserem Werdegang. Wie schon einmal. Dieser Abschied war schlimmer. Er zerstörte unser gesamtes Verhältnis. Bis zum heutigen Tag. Zwischen uns liegen nicht nur 800 Kilometer Entfernung, zwischen uns liegen verlorene Jahre im Mißverständnis und eine innere Distanz, die in Kilometern nicht auszudrücken ist. Leider!

Unser Verhältnis bei Heberles besserte sich, nachdem wir nur noch mit 6 Personen im Hause lebten. Veit war zurück aus Hof. So konnten wir endlich beginnen, die Wege zum Amt und Krankenkassen zu erledigen. Es war ein Problem. Wir wußten nichts, kannten uns zudem nicht aus. Die Ämter lagen teilweise weiter weg und die Busse fuhren

unregelmäßig. Die absolute Umstellung für einen Groß-
stadtmenschen. Hans half uns diesbezüglich sehr. Er ging
fast überall mit und aufgrund seiner "Popularität" sparten
wir Zeit. Irgendwie hatte ich das Gefühl, daß dieses ach so
heile Familienleben im Hause des großen Installateurmei-
sters mehr Schein als Sein war. Ingrid wurde zunehmend
redseliger und öffnete sich ein klein wenig, wenn wir morgens in der Küche saßen, um für den "Hausherren" seine
3-Gänge-Mahlzeit vorzubereiten. Sie beklagte ihr Haus-
frauendasein ein wenig. Vor Tanja's Geburt hatte sie eine
so gute Arbeitsstelle, unkündbar und in leitender Position.
Als sie Hans kennenlernte, habe sie ihr ganzes erspartes
Vermögen investiert, um seinen Lebenswandel im Nachhinein auszugleichen und ein Leben für beide zu ermögli-
chen, was sie bislang gewohnt war. Sie bewunderte mich
bezüglich meiner offenen und unverbrauchten Art, meine
Beziehung zu Veit sei so gleichberechtigt und er sei ja überhaupt ein so lieber Mann. Sie nagte noch schwer an der Ex-
Affäre ihres Mannes, diese Frau sei für Hans wie ein Hyp-
nosemittel, er fühlte sich noch lange nach ihrem Zusam-
mensein so zu Babett hingezogen, aber er bestätige Ingrid
immer wieder, daß da keinerlei Kontakt mehr sei und sie
überhaupt nicht die Klasse von Ingrid hatte. Sie litt. Sie
kämpfte und versuchte ihren Supermann Hans mit allen
Mitteln zu umgarnen. Sie machte alles, um ihm zu gefallen.
Nichts vergaß sie dabei, nur sich selbst. Eines Tages fragte
Hans mich, ob ich eben mitkommen wolle, er wollte einige
Dinge erledigen. In diesem Zusammenhang könne er mir
gleich mal einiges von der Stadt zeigen. Wir fuhren nicht
lange. Heute glaube ich, er lotete dabei auch aus, wie er auf
mich als Mann wirkte. Er war so anders nett. So männlich.
Er blieb unvermittelt vor einem großen, phantastischen
Haus stehen und deutete mit der Hand auf selbes. Es war

ein Palast! Dergleichen hatte ich vorher nicht gesehen. Nachdenklich murmelte er: "Schau Caro, dasch isch dasch Haus von der Babett, weißscht, mit der ich mal bei euch war!" Ich schaute ihn an. " Ich wollt' nur, dasch du es gesehe hascht, weißscht." Er fuhr los und direkt nach Hause. Ich fragte ihn, ob er sie denn noch sehe oder ob sie Kontakt haben. Er strich sich durch seine Haare und sagte: "Manchmal". - Von der Stadt zeigte er mir nichts. Noch am selben Abend zeigten uns Heberles ihre Videosammlung aller bisherig gemeinsam erlebten Urlaube und schwärmten von fernen Ländern und Sonne und Meer, vom Verliebtsein und versicherten uns, daß wir dahin sicher auch noch irgendwann reisen werden.

In Abständen wurde eingekauft. Irrsinnigerweise fuhr man dafür weite Kilometer, weil diverse Lebensmittel dort im Angebot waren und unglaublich viel gespart wurde. Rechnet man dieses auf, ergaben die Benzinkosten dafür eine größere Summe, als die reduzierten Lebensmittel. Nun gut. Verzweifelt suchte ich in meinem spärlich ausgestatteten Kleiderstapel nach passenden Anziehsachen. Es war Spätsommer und weder warm noch kalt. Ich schminkte mich und kam in die Küche. Hans lief an mir vorbei und bemerkte beiläufig: "Guad schaust' aus, wirklich!" ging zu Ingrid und fügte hinzu "aber trotzdem hat mei Frau de geilere Arsch, ge Schatz". Dankbar lächelte Ingrid, musterte mich und sagte: "Ah, Du, so kannscht de hier aber net rumlaufe. So wasch trägt ma hier net, höchstensch abends zum Fortgehe". Dankbar und fast unterwürfig nahm ich den Rat an und zog mich um. Meine Haussachen und ein viel zu großes T-Shirt. (So wäre ich in D. niemals rumgelaufen !) Als ich wieder runterkam sah ich, daß auch Ingrid sich umgezogen hatte. Passend zum Einkaufen stand sie da. Ihr Auftritt war gelungen. Hochhackige rote Pumps und ein tailliertes rotes Kleid mit silbrig-goldenen Pailletten bestückt. In Hollywood wäre jede Diva auf diese Abendrobe neidisch gewesen. Siegessicher lächelte sie mich an und sagte: "Siehschte Caro, dasch isch scho viel besser, Du willscht doch hier auch net so auffalle, oder?" Ich hatte das Gefühl, DDR ist mir auf die Stirn gestempelt. Ich hatte nichts mehr von meinem Selbstbewußtsein behalten, diese Mittellosigkeit machte mich abhängig, zum Speichellecker und vollkommen unsicher. Ich wollte / wir mußten diesen Zustand unbedingt ändern. Aber wie? Abends bei der Kirmes (das Fest der Feste!!) präsentierte Hans uns als die großen Flüchtlinge und sich selber als den großen Gönner und Retter. War ich mit ihm allein, stellte er mich seinen guten Freunden als sein "Patenkind" vor. Bei jeder dieser Vorführungen gab es lautes Geschrei und Bemerkungen wir diese: "Ei Hans, wie alt isch dasch Kindsche denn? Der Hans isch e ganz schlauer Bub, ne, der Hans! Wasch sagt denn de Ingrid zu dem hübsche Kindsche? Mensch Hans, da wär ich aber och gerne ma de Pateonkel."

Irgendwann klingelte das Telefon. Es war für uns. Mein Stiefonkel vom Rheinland hatte zufällig von unserer Flucht erfahren. Es war so gegen 20:00 Uhr. Da Hans und Ingrid ein wenig "müde" waren und offenbar im Bett, ging ich an das Telefon, da es hartnäckig klingelte und man im Hause Heberle selbst im Kinderzimmer der kleinen Tanja einen Anschluß hatte, welche aber eigentlich schlief. Ich redete mit Jörg und erzählte ihm von der Flucht und unserer momentanen Perspektivlosigkeit. Plötzlich krachte es in der Leitung und Hans schrie in den Hörer: "Kann man denn nicht mal in Ruhe mit seiner Frau bumse, wenigstensch ei`ma inner Woch`, wenn man scho dasch Haus voller Besuch hat?! Ich hoff`, dasch demnächst zu andere Zeiten telefoniert wird!" Ich beendete schnell das Telefonat mit den Worten: "Tja, Jörg du siehst was ich meinte. Wenn du was wegen `ner Wohnung hörst, du weißt schon, wo und wann du uns erreichen kannst."

Später kam Hans` bester Freund Paul. Ein äußerst attraktiver und laut Aussage wohlhabender Mann. Wir tranken und erzählten. Seine Blicke entgingen mir nicht und seine Bemerkungen auch nicht. Es war Kirmes in H. und ich fand die Menschenmassen schrecklich. Ingrid ging es nicht gut, die ganze Aufregung habe sich ihr auf den Magen gelegt. Was ein Theater! Sie blieb nicht zu Hause und verbrachte den Abend über Toilette oder im Bett, wo sie sinnvollerweise hingehört hätte, nein, inmitten von tausend angetrunkenen und feiernden Menschen trug unser Hans seine liebe, sich ständig übergebende Ingrid auf Händen zum WC. Dies trübte den ganzen Abend und wir fühlten uns schuldig. Ingrid weinte und meinte wie peinlich ihr das vor den Leuten sei, die meinten doch glatt noch, sie müsse sich übergeben, weil sie zu viel getrunken habe, nein, was für eine Schande! Dabei haben sich alle seit einem Jahr so auf dieses Fest gefreut. Extra neue Garderobe habe man sich gekauft und dem pausbäckigen Tanja-Baby, welches nachts 23:00 Uhr noch putzmunter im Wagen saß, ein riesiges Stirnband mit einer Blume, die fast größer war als ihr Kopf. Aber in der bekanntesten Boutique des Ortes. Immerhin. Abgesehen davon, daß der Kinderwagen ohnehin sich keinen Meter bewegen ließ, aufgrund der Menschenmengen, waren alle bester Stimmung oder Verstimmung. Wir wußten, daß Hans eine gewichtige Sache als Installateurmeister zu dieser Feierlichkeit beigetragen hatte. Jeden Tag war er unterwegs und ich überlegte schon, ob man ihm einen Orden verabreichen sollte, für außergewöhnliche Leistungen. (Im Osten gab es dies.) Strahlend stand er am

Ziel seiner unermüdlichen Arbeit: Eine kleine Holzhütte, die als Imbißbude diente und wo sein Sohn Fritten und Currywürste verkaufte. "Schaut her, Veit und Caro, dasch hab' ich alles selber aufgebaut und de' gansche Installatschion gemacht!" Selbstgefällig lächelte er vor sich hin. Wir waren wahrlich ergriffen. Was ein Werk! Am nächsten Morgen verabschiedete sich Paul in der Küche. Er zog mich an sich ran und küßte mich einfach. Dann trat er einen Schritt zurück und sagte: "Caro, Du, ich glaube, Du paßt hier ausgezeichnet her. Ich kann dir alles geben und bieten. Dinge, die du noch nie im Leben hattest. Überlege dir´s was du machst. Ich habe ein riesiges Haus. Du hättest es bei mir gut, glaube mir. Ruf mich an, meine Nummer kann dir Hans geben." Er drehte sich um und verschwand. – Ich ging nach oben, legte mich neben meinen schlafenden Mann und versprach ihm in Gedanken ewige Liebe.

Noch am selben Nachmittag rief mein Stiefonkel Jörg wieder an und teilte uns mit, daß Gabi, seine Frau, meine Stieftante, einen Ort von ihnen entfernt, über`s Sozialamt eine große Wohnung organisiert hätte und wir sofort einziehen können, wenn wir wollen. Und ob wir wollten! Uns kamen vor Freude die Tränen! Wir haben gelacht und geweint gleichzeitig. Dies war das erste mal, daß wir lachten im Westen. Wir packten noch am selben Abend unsere wenigen Sachen ein. Ingrid schien erleichtert, aber nicht wirklich froh. Sie kam mit einigen Sachen von Tanja, die noch reichlich groß waren und Clara passen könnten. Ich freute mich. Ingrid war ohnehin immer damit beschäftigt, Klamotten fürs Baby zu kaufen und mir vorzuführen. Der Preis und die Marke inbegriffen. Sie zeigte mir einen schwarzen Pullover mit bunten Kreisen drauf und meinte, daß sie diesen für Tanja geschenkt bekommen habe. Sie regte sich unglaublich über dieses geschmacklose Teil auf, dazu noch in schwarz! In unserem ersten Weihnachtspaket von Heberles nach Einzug in unsere damalige Wohnung, war eben dieser kleine schwarze Pullover mit Kreisen für Clara. Später beim Telefonieren fragte mich Ingrid: "Wasch sachste denn`e zu dem schöne Pullover? Ach weißscht du, wie lange ich danach rumgelaufe bin, um für Clara wasch passendes zu finde! Der paßt so schö `zu der ihre blonde Löcksche oder, wasch meinscht`de?"

Am nächsten Morgen brachte Hans uns zum Bahnhof. Wir konnten es kaum erwarten. Hans weinte beim Abschied ein wenig. Er sagte: "Isch akzeptiere, dasch ihr weggeht, aba glaubsch mir, isch hätt` euch gern hier behalte!" Der Zug rollte los und je weiter wir uns von H. entfernten, desto freier fühlten wir uns. Wir sprachen nicht viel. Wir nahmen zum ersten Mal die Schönheit dieses Landes wahr, sahen die Weinhänge und kleinen Häuschen entlang vom Rhein. Diese typischen Postkartenmotive eben in voller Breite und Realität. Wir wußten wieder nicht, was uns erwartet. Aber wir wußten, wir fahren zu welchen von *uns*. Jörg war mit seiner Familie vor 3 Jahren ausgereist und beide hatten sofort Arbeit. Sie holten daraufhin Gabis Eltern nach. Auf uns wartete ein Stück Heimat. Ein Stück Freiheit. Unsere eigene Wohnung. Unsere Badewanne. Unser Herd. Unser Geschirr und unser zu Hause. Nach allen Wochen, war das der größte Tag unseres Lebens.

Der Anfang !

Jörg hatte uns versprochen, uns in K. abzuholen. Wir wurden von Minute zu Minute unruhiger. In K. angekommen, verließen wir den Zug. Weit und breit keine Gabi und kein Jörg zu sehen. Nachdem die Menschen zu ihren Anschlußzügen geeilt waren und der Bahnsteig sich lichtete, standen wir mit wenigen Reisenden alleine da. Die Kehle schnürte es uns zu. Wo sind wir? Wo ist Jörg? Was sollte das! Ein Ehepaar mittleren Alters, äußerst gepflegt und attraktiv, im Arm einen Plüschhasen und einen Strauß Blumen, näherte sich uns. "Hallo, Sie müssen die Caroline und der Veit sein und du bist sicher die kleine Clara. Schau mal, das habe ich Dir mitgebracht." sagte die Frau. Wir antworteten nicht. Böse Gedanken stiegen in uns auf. Unsere Phantasie spielte verrückt. Man hatte oft gehört von Stasi-Mitarbeitern, die auch im Westen ihr Unwesen trieben. "Wir sollen Sie ganz herzlich grüßen von Jörg und Gabi. Wir sind die Nachbarn und mit beiden befreundet. Sie baten uns, Sie abzuholen, da Jörg seinen Dienst tauschen mußte." Ich sah mich in Gedanken in U-Haft, auf Jahre getrennt von Kind und Mann. Zu viele Geschehnisse haben uns im Osten verunsichert, zu viele Dinge sind dort passiert, die kein Mensch nachvollziehen konnte. Menschen verschwanden wegen politischer Hintergründe, waren weg vom Fenster. Ich verglich das immer mit Chile, wenngleich nicht so militant. "Übrigens, wir sind Gustav und Waltraud Heinze. Nun geben Sie mal die Tasche her. Unser Auto steht direkt um die Ecke." bemerkte der Mann. Sie gingen vor. Ich war außerstande, mich zu bewegen. Veit starrte mich an und sagte: "Komm Maus, laß uns gehen."

Es schien, als wartete auch er auf ein Zeichen von mir. Wir stiegen in den Wagen, mußten aber nach hinten durchklettern, da es nur zwei Türen gab. Schlau gemacht, dachte ich mir. So kommen wir nicht mehr hier raus. Frau Heinze bemerkte meine Unsicherheit und fragte freundlich, ob es uns gut ginge. Sie bewundere unseren Mut und könne gar nicht glauben, was Jörg ihr alles erzählt hatte. So eine Flucht, davon habe sie noch nie etwas gehört, dazu noch mit einem Baby! Ich registrierte jedes Detail in dem Wagen, um im Zweifelsfall alles genau rekonstruieren zu können. Die Fahrt endete nicht. Meine Anspannung verwandelte sich in Angstattacken. Herr Heinze wollte nun detailliert unseren Fluchtplan und genaue Daten wissen, wie und wann wir rüber sind und wieso überhaupt und mit wem und warum. Tausend Fragen! Ich sah in Gedanken versteckt ein Aufnahmegerät und dachte, wenn Du jetzt auspackst, lieferst du dein Geständnis. (Unsere Angst war nicht unbegründet. In der Schweizer Botschaft in Budapest warnte man uns ausführlich, so vorsichtig wie möglich zu sein. Sollte uns die Flucht gelingen, sei auch im Westen äußerste Vorsicht geboten. Der Botschafter schilderte Vorfälle, nicht wirklich ausführlich, aber glaubhaft.). Wir fuhren durch kleine Ortschaften und Landstraßen. Frau Heinze meinte, daß man über die Autobahn schneller sei, aber ihnen sei diese Strecke lieber. Fein! Vielleicht gab es dort, wohin sie uns brachten, keine Autobahnen. Irgendwann hielt der Wagen. In einer sehr kultivierten Mehrfamilienhaussiedlung baten Heinzes uns auszusteigen. "So, da sind wir! Da drüben, die oberste Klingel, gehen Sie schon rüber, wir kümmern uns um alles." Ich lief zu der Haustür. Tatsächlich! In großen Buchstaben war eindeutig mein Mädchenname zu lesen. Erst in diesem Moment war ich in der Lage, auf Familie Heinze zuzugehen. Ich sagte: "Ja entschuldigen Sie bitte diese etwas distanzierte Begrüßung. Vielen Dank, Frau Heinze fürs Abholen. Ich freu` mich wirklich sehr, Sie kennenzulernen." Wir saßen noch ein wenig zusammen und hatten ein unbeschreibliches Gefühl! So urbelassen und unkompliziert. So offen und direkt - hier mußte man sich nicht verstellen - hier wurde sich nicht verstellt! Wir zogen vorübergehend in das Zimmer von Claudia, der Tochter von Gabi und Jörg, die unten im selben Haus bei ihren Großeltern schlief, während wir dort wohnten. Später gestanden wir unsere Gedanken im Auto auf dem Weg hierher. Wir lachten, beinah kamen uns dabei die Tränen. Vielleicht war es die Erleichterung.

Der nächste Tag war verplant. Wir konnten es gar nicht erwarten, *UNSERE* Wohnung zu besichtigen. Heinzes brachten uns mit dem Auto dahin. Einen Termin mit dem ansässigen Sozialbeamten hatte Gabi bereits im Vorfeld vereinbart. Ich erinnere mich genau an diesen Geruch beim Betreten des Hauses. Es roch sauber und nach Weichspüler, gemischt mit ein wenig vom typischen Kellergeruch. Herr Seifert schloß unsere Wohnungstür auf und wir waren leicht geschockt. Eine für DDR-gewohnte-Verhältnisse übergroße Wohnung, mit 2 Balkons, einem großem Wohnzimmer und einer langen Diele. Die Wohnung war vollgestellt mit alten, leicht müffig riechenden schmutzigen Möbeln. "Wohnen wir hier alleine?" fragte ich ungläubig. "Sicher, was dachten Sie denn?!" Herr Seifert dachte wohl, daß ich völlig verwirrt sei und Hilfe bräuchte. "Ja, aber so wie das hier aussieht, wohnen hier doch schon Leute. Die Möbel und alles." "Nein, keine Angst Frau Reimann, das sind alles Möbel vom Sozialamt für Aussiedler oder Flüchtlinge. Sie müssen ja schließlich irgendwo sitzen und schlafen. Natürlich sind die nicht so schön. Aber mit ein wenig Putzmittel, sieht das schon ganz anders aus." Der Gestank in der Wohnung war unerträglich. In einem Raum war ein altes beschmiertes Schlafzimmer aufgebaut. Auf dem Bettgestell lagen Matratzen, bei deren Anblick ich mich zusammenreißen mußte, mich nicht unkontrolliert zu übergeben. Im Kinderzimmer war ein über und über beklebtes Doppelstockbett aufgebaut und an den Fenstern hingen uralte Rollos, die mindestens so alt waren wie Herr Seifert. Es war uns alles egal. Ich richtete in Gedanken unsere Wohnung ein, bemalte Claras Wände mit Wölkchen und Sternen und Blumen. Frau Heinze nickte aufmunternd und fragte uns, ob wir die Wohnung nehmen wollten. Das hatte uns bislang keiner gefragt. Im Osten wohnte manch Vierzigjähriger noch bei seinen Eltern im Kinderzimmer, weil ihm keine Wohnung zustand! Wir unterschrieben alles! Hätte man uns ein Haus verkauft, wir hätten es nicht gemerkt. Herr Seifert ging als erstes mit uns zur dortigen Sparkasse, um die nötigen Ummeldungen und Kontoeinrichtungen zu organisieren, denn was wir ganz dringend brauchten, war Geld. Es würden Wochen vergehen, bis die ersten Zahlungen, damals noch vom Arbeitsamt, kämen, es würde Tage dauern, bis der Kredit, den nur "Ossis" zu günstigen Konditionen bekamen, gebucht ist. Herr Seifert war mit allen bestens bekannt und wir waren in diesem kleinen Ort schon bald die Sensation. Aussiedler, wie Polen, Jugoslawen etc. waren dort keine Seltenheit. Aber *unsere* Geschichte ein Thema. Bevor wir für diesen Tag unsere Wohnung verließen, schaute Herr Seifert bei unseren Nachbarn rein. Vor Öffnen der Tür sagte er, daß dies Polen seien, die er betreue und diese hier seit sechs Monaten lebten. Wir kamen in eine perfekt eingerichtete Wohnung. Eine monströse Ledercouch, eine antike Schrankwand, im Osten unbezahlbar. Wir waren sprachlos und motiviert zugleich. Wir würden es packen, vielleicht nicht in so kurzer Zeit, aber es war machbar! So oft wie es nur ging, halfen Heinzes uns in der Wohnung. Wir hatten einen Vorschuß von der Kasse erhalten, damit wir uns für die Renovierung im Baumarkt die nötigen Utensilien besorgen konnten. Als ersten Schritt bestellten wir den Sperrmüll, entsorgten die teilweise versifften Möbel, entfernten die alten Teppichböden, die 3 - 4-lagig aufeinander klebten. Gustav und Waltraud Heinze knieten an ihrem Silberhochzeitstag in unserem Wohnzimmer und entfernten mit einem Küchenmesser mit uns Stück für Stück des alten Belages. Wir verstanden uns prächtig. Sie hätten vom Alter her meine Eltern sein können. Waltraud war so liebevoll und umsichtig. Alles was sie mitbrachte und vorbereitete, war voller Liebe. Ihre Picknickkörbe, ihre gebackenen Kuchen, ihre Geschenke für Clara. Sie waren eine echte Bereicherung und sind es noch heute. Wir werden ihnen das nie vergessen.-

Wir waren noch nicht einmal in unsere Wohnung eingezogen, da "beglückten" uns schon ganz viele hartnäckige "Besucher". Noch während der Renovierungsarbeiten standen sie ständig vor unserer Türe. Die gutriechenden Herren, in Anzug und Krawatte mit ihren Aktenköfferchen unterm Arm. Sie heuchelten Mitgefühl und gaben sich interessiert. Wir hatten zwar weder ein Einkommen, noch einen Arbeitsvertrag, noch sonstige Bezüge, aber wären, hätten wir nur brav unterschrieben, versichert gewesen bis an die Zähne. Ich konnte diesen netten Herren noch nicht einmal einen Sitzplatz anbieten, hätte aber schon eine Hausratversicherung im Schrank gehabt, für Einrichtungsgegenstände, die wir noch gar nicht besaßen. Irgendwann öffneten wir die Türe nicht mehr. Aus dem Haus konnten wir dann teilweise auch nicht gehen, da man unten vor der Tür, stundenlang im PKW, ausharrte. Wir wären also gegen alles versichert gewesen, nur nicht gegen Versicherungsvertreter. Nach und nach traf man im Haus die neuen Nachbarn, die allesamt sehr viel Anteil an unserer Geschichte nahmen. Sie waren neugierig auf die von *"da hinten"*. Sie sahen die alten Möbel auf der Straße stehen und meinten alle einheitlich, daß dies eine Zumutung sei, jemanden so verschlissene Sachen in die Wohnung zu stellen. Einige Wochen später sah ich auf den Kontoauszügen eine Abbuchung der Stadt N. von DM 800,--. Ich erkundigte mich, was uns da berechnet wurde. Herr Seifert teilte mir mit, daß dies die Kosten für die Möbel seien, schließlich sei ja nichts umsonst. Unsere 800,-- DM-Möbel waren längst auf dem Sperrmüll. Wieder einige Wochen später erfuhren wir bezüglich dieser Möbel, daß eben diese Nachbarn sich unendlich aufgeregt haben, daß *"denen von da drüben"* nichts gut genug sei. So langsam waren die Arbeiten in der Wohnung erledigt. Wir hatten zwar weder Möbel noch andere Gegenstände, aber die Wohnung war renoviert und sauber. Wochenlang schliefen wir nur auf dem Boden, zugedeckt mit alten, aber sauberen Gardinen. Gabi gab uns einen ausklappbaren Sessel, den wir wahlweise als Sitzgelegenheit oder Matratze nutzten. Jörg besorgte uns ein altes Kindergitterbett und somit waren für Clara die Träume gerettet.

Es wurde nun langsam kühler und Kohlen mußten bestellt werden, da wir eine Ofenheizung in der neuen Wohnung hatten. Ich klingelte bei der Nachbarin direkt nebenan. Frau Anstötz öffnete die Tür erst nach einigen Rufen dahinter. Frau Anstötz hörte ich ständig im Haus diskutieren und erzählen, sah sie regelmäßig mit anderen Nachbarn tratschen. Nachdem sie vor einigen Tagen klingelte und mich bat, doch die Toilettenspülung nicht so oft zu benutzen, sie höre das immer und habe sich mal notiert, wie oft in einer Stunde die Spülung gegangen sei, hätte sie es nicht mehr ausgehalten, mich darauf hinzuweisen, daß die Wasserkosten durch die gesamten Mietparteien gingen und ich sollte doch darauf Rücksicht nehmen. Naiv wie ich damals war, entschuldigte ich mich bei ihr und gelobte Besserung. "Hallo Frau Anstötz, eine Frage, wo bestellen sie denn ihre Kohlen?" "Juten Tach, Frau Reimann, ja Moment mal. Also wir bestellen dat Zeuch immer bei Kohlen-Schmitz." "Aha, und wo sind die?" "Herbert????? Ne, der scheint misch niet zu hören." "Krieg misch ma dat Telefonbuch" schrie sie ihrem Mann zu. "Nein, Frau Anstötz, habe ich nicht" antwortete ich. Offenbar hatte ich sie gar nicht verstanden. Das Wort `k r i e g e n` hatte für mich in dem Zusammenhang eine ganz andere Bedeutung. Clara kam zur Tür rausgekrochen und schaute Frau Anstötz an. "Na da is ja dat Mäusken. Hör ma Kind, willste wat Lekker? N´Plätzken oder nen Brocken?" Zum Glück ging Frau Anstötz sofort in die Küche und kam mit einem Bonbon und einem Keks für Clara wieder. Denn wiederum konnte ich nichts mit dieser Frage anfangen. "Ne, Frau Reimann, is dat ne Leckere, mit die Lökskes und dat hat ja och so jgroße Knopfaugles." Dann erzählte sie mir minutenlang die einzelnen Geschichten jeder Familie im Haus und darüber, wer wann und wie oft und wann nicht putzt. "Passen Se off dat Kleen off, wenn dat unten im Jarten rumläuft, nich an´ne Blumen oder off den Rasen gehen. Der alte Herr Kämpfer, janz unten rechts, wissen Se, die möjen keene Plachen und och keene aus´m Osten und so. Nich dat die wat sachen, aber dat war mit die Leute unter ihnen datselbe, hat den Jungs immer de Bälle wegjenommen. Achso, wat is eichentlich mit die Kirche? Also die ham Se ja direkt vor ihre Nase. Es jehen och nich alle da hin, aber ich muß sachen, wir jehen regelmäßig, viele von der Straße ." "Tja, also wir haben gar keine Konfession. Weder noch. Bei uns gab es nur die Partei, sicher auch einige wenige Gläubige, aber nicht das ich wüßte ." "Ja dat hab ich schon öfter jehört, dat ihr von da hinten so wat nich kennt. Wo wolln Se denn dat Kleen in den Kinderjarten geben? Is die denn wenigstens jetauft?" "Nein und um ehrlich zu sein hatte ich das auch nicht vor!" (Gabi und Jörg haben sich mit fast 40 Jahren noch taufen lassen. Gabi meinte, laß das machen, du hast sonst hier nur Nachteile.) "Na jut Frau Reimann, et is schon viertel nach elf, jetzt muß ich aber schnell noch wat kochen, wir fahren mittags immer mit dat Fitz innen Jarten. Also Tschökes und wenn ma wat is, klingeln Se ruhig. Tschö Mäusken, tschööööö." Viertel elf? Es war doch nicht viertel elf? Es war doch schon später! Ich schaute auf die Uhr. Es war viertel zwölf. Naja, sie hat sich sicher vertan. Und mittags mit Fritz in den Garten und das jeden Tag. Ist sicher ein Bruder oder so..... Ich habe damals wirklich die erste Zeit teilweise null verstanden. Der ganze Satzbau, grammatikalisch eine Katastrophe. Alles klang hier anders. Selbst die Uhrzeiten wurden hier anders formuliert. Die größten Probleme hatte ich beim Kauf von Lebensmitteln, Schwerpunkt Wursttheke: Jagdwurst und Teewurst und Blutwurst und Hackepeter zum Beispiel. Jagdwurst heißt hier Schinkenwurst. Teewurst heißt hier Mettwurst. Hackepeter ist hier Mett. Und Broiler gibt's hier gar nicht. Was ist eigentlich Geschnetzeltes? Ich beschränkte mich wirklich die erste Zeit auf bereits abgepackte Ware, die ohnehin billiger war. Anfangs hatten wir weder Auto noch Fahrrad. Es blieb uns nichts anderes übrig, als in den relativ teuren Lebensmittelladen im Ort zu gehen. Ich wäre auch weiter gelaufen, aber 12 Kilometer mit Kind und Einkaufstaschen war nicht drin. Wenn ich alleine durch die Straßen lief, die durch die

Andersartigkeit der Bauweise und der Klinkerhäuser auf mich ein wenig düster und kahl anfangs wirkten, hatte ich Angst. Ideologisch im Osten geschult und mit Hilfe der wohl härtesten Hetzkampagnensendung im 1. DDR-Fernsehen "Der schwarze Kanal" mit dem bekannten und verpönten "Sudel- Ede" auf den Westen in schlimmster Form vorbereitet, lief ich durch die Straßen und Gassen und vermutete hinter jedem Baum und hinter jeder Hauswand einen Verbrecher. Ich wartete förmlich darauf, daß mich jeden Moment einer anfällt und ausraubt. Die Straßen schienen mir so fremd. Ich fühlte mich nicht heimisch. Es hat Wochen gedauert, bis ich diese Ängste ablegen konnte – zum Teil.

Veit suchte Arbeit. Er bewarb sich bei einer Firma außerhalb des Ortes. Er wurde sofort genommen. Kurz vor seinem ersten Arbeitstag sagte er mir, daß er am Ortsausgang eigentlich "seine" Firma gesehen habe, mit seinem "Traumprodukt", aber er habe Angst, da er glaube, daß dies eine Nummer zu groß für ihn sei. Außerdem habe er ja nun schon etwas anderes. Ich bekniete ihn förmlich, sprach ihm Mut zu, motivierte ihn , sich zu bewerben, einfach hinzugehen und vorzusprechen. Es dauerte recht lange, bis er sich durchringen konnte. Er sagte immer wieder: "Caro, vergiß nicht, woher wir kommen. Glaubst Du, die warten hier auf mich?" "Veit, Du bist nicht irgendwer! Du und ich, wir haben drüben unseren Job gut gemacht, haben eine gute Schulbildung und eine gute Ausbildung! Glaub mir, sieh dir bitte Gabi und Jörg an oder die Freunde meiner Eltern. Die haben`s alle gepackt!" "Caro, wie kannst Du sagen, daß sie`s gepackt haben! Gabi geht putzen, sie hat zwei Putzstellen. Nennst Du das eine Arbeit auf deinem Niveau?" "Nein, aber wenn es sein müßte, würde ich das auch tun. Außerdem war Gabi schon im Osten keine

Leuchte. Ich bitte dich, wer im Osten *dort* arbeitete, wie zum Beispiel Jörg, war froh, daß er es bis zum achten Schuljahr geschafft hat. Er ist ja deshalb auch kein schlechter Mensch und sie auch nicht. Lediglich haben sie andere Ansprüche an ihr Leben und an ihr soziales Umfeld. Ich weiß auch nicht, wie das hier bei mir weitergehen soll. Meine Berufsbezeichnung kennt man hier auf dem Arbeitsamt gar nicht. Unter einem Facharbeiter stellen die sich hier irgendwelche Fliesbandarbeiter vor. Außerdem ist mit Clara eine geregelte Arbeit gar nicht möglich. Man hat mir gesagt, daß die meisten Mütter ihre Kinder schon direkt nach der Geburt im Kindergarten anmelden. Tageskinder im Kindergarten gibt es hier im Umfeld überhaupt nicht. Und Kindergrippen in der Form hätte es hier noch nie gegeben. Da brauche man sich doch keine Kinder anschaffen. Echt, wie rückschrittlich oder?"

Veit stellte sich in seiner Traumfirma vor! Er bekam den Job und arbeitet noch heute da. Die andere Firma meldete einige wenige Monate später Konkurs an. In den Tagen darauf, erfuhren wir eine derartig große Hilfsbereitschaft in der gesamten Nachbarschaft. Mitarbeiter vom Pfarramt und der dortigen Sparkasse brachten uns kistenweise Bettwäsche, Handtücher und Anziehsachen sowie Geschirr und dergleichen. Teilweise peinlich berührt fragten *sie* uns, ob wir Verwendung hätten für diese Dinge. Sie haben alle mal auf ihren Speichern und Abstellräumen geschaut, von welchen Gegenständen sie sich hätten eigentlich schon längst trennen müssen, es aber zu schade sei, diese zu entsorgen und in die Altkleidersammlung oder den Müll zu geben. Armin und Susanne aus der Schweiz überraschten uns mit Paketen und lebenswichtigen Geschenken, wie Küchenutensilien und Besteck und vielen anderen Kleinigkeiten. Was mir ewig in Erinnerung blieb war die Geschichte mit der Apothekerin. Clara hatte eine schwere Erkältung. Wir fuhren in die Apotheke. Ich hatte Probleme, mit den hiesigen Medikamenten und ließ mich beraten. Ich kam nicht umhin, meinen Grund für diesen Erklärungsbedarf zu schildern und erzählte in Kurzform unsere vergangenen Monate. Ich schaute mich in der Apotheke ein wenig um. Verschiedenste Kosmetika und Waschlotions – sehr befremdend. Die Frau lächelte, nicht mitleidig, nicht unsicher, einfach nur freundlich. Sie sagte, daß sie gern etwas dazu beitragen wolle, daß wir uns hier ein wenig heimisch fühlten. Ich durfte mir einen ziemlich teuren Lippenstift aussuchen, den sie mir schenkte. Ich hinterließ meine Adresse und Telefonnummer, da die Medikamente rezeptpflichtig waren. Sie wollte sich bei der Krankenkasse darum kümmern. Kurz vor den Weihnachtsfeiertagen erhielt ich ein Päckchen mit einem unbekannten Absender. Wir öffneten es und holte einen Plüschteddy für Clara heraus und einen Lippenstift mit passendem Nagellack. Es war exakt dieselbe Nummer und das gleiche Fabrikat. Es war von der Apothekerin.

Veit arbeitete nunmehr seit einigen Wochen in der neuen Firma. Aufgrund seines Dialektes und unserer Herkunft, kam er nicht umhin, sich einige Bemerkungen gefallen zu lassen. Die meisten Probleme hatte er mit den "alteingesessenen" und noch nie über die Landesländergrenzen hinaus gekommenen Mitarbeitern. Er hatte sehr viel Lernbedarf , war aber nicht unglücklich und auch nicht frustriert. Er war ehrgeizig und bestrebt, sich in kürzester Zeit fachlich anzupassen. Jahre später mußten wir immer wieder feststellen, daß es als "Ossi" nicht reicht, 100 % zu geben. Man muß immer noch ein bißchen mehr dazutun, weil man kritischer und vorurteilsbelasteter betrachtet wird, als mancher hier geborene Hilfsarbeiter. Nach seinem ersten Gehalt überraschte er mich und wir freuten uns wie die Kinder. Er kam die Wohnungstür herein und sagte: "Caroline, komm mal mit auf den Balkon. Los, na komm, schnell!!" Ich schaute mit ihm den Balkon herunter und fragte: "Ja und nun? Was ist?" " Siehst du da unten den grünen Wagen?" " Ja! Und?" "Der gehört uns. Habe ihn eben mit Herrn Seifert bei einem Typen abgeholt. Herr Seifert rief mich in der Firma an und fragte mich, ob wir mittlerweile motorisiert seien. Was glaubst Du, was der wohl gekostet hat?" Ich kannte mich nicht aus mit Autos und gleich gar nicht mit "Westwagen". Er sah gut aus, der grüne Audi 80. Er war allerdings schon sehr alt, egal. "Weiß nicht, keine Ahnung." "Na, schätz `doch mal!

500,-- DM!!!! Ist das nicht der Hammer!!! Kannst Du Dir vorstellen, was dieses Ding im Osten kosten würde??!!" Wir machten eine Probefahrt. Im Wagen stank es erbärmlich. Es war egal. Er rollte. Er war ein treuer Begleiter die ersten Monate, ohne Pannen und Reparaturen. Ich stand im Badezimmer vorm Spiegel. Unten vorm Haus standen einige Nachbarn. Ich hörte sie reden: "Hörens, weißt du, wem dat Teil hier jehört?" "Keine Ahnung. Der stand jestern auch schon hier vor et Haus. Vielleicht hat jemand Besuch?" Eine weitere Person, diesmal männlich, gesellte sich hinzu. "Hörens Willi, weißt Du, wem der Wagen jehört? Ich mein`, wenn der hier länger steht, müssen wir dat mal abklären, wegen dem Parken. Normalerweise is dat Gisela ja hier immer am Parken dran." "Ich habe jestern jesehn, daß die Reimanns damit jekommen sind. Ich glaub ma, dat die sich dat besorjscht ham" erwiderte Willi. Er fuhr fort mit den Worten: "Tja, aus`m Osten mußte kommen, da kannste dir nach paar Wochen direkt`n *neuen* Wagen leisten. Unser ens fährt schön wat mit de Fitz! Die kriegen ja eh` von allen Seiten allet reinjestoppt!" "Da sachste wat! Der Erhard hat auch jesacht, wat wolln` die eigentlich hier! Wir können auch nich einfach davonlaufen, wenn uns wat nich passt. Der is ja auf die von da hinten jar nich jut zu sprechen. Der sacht imma, die aus de russische Besatzungszone. Nehmen uns de Arbeit weg, soll`n se doch kieke, wo se bleiben." "Naja, passens up, wat küt dat küt, die werdn schon sehn, dat dat hier och nich besser is!" empörte sich Willi. Demonstrativ knallte ich das Fenster zu. Ich war am Ende. Ich wollte hier nicht mehr sein. Ich wollte nach Hause. Ich war so deprimiert. Noch eben hatte ich mich beim Müllraustragen bei diesen Nachbarn bedankt, für ihre spontane Hilfsaktion. Mein gesamter Tagesablauf befaßte sich mit Clara, den Haushalt zu versorgen und zu putzen. Ich sehnte mich nach meiner Literatur, den Freunden, dem Theater und unseren anderen kulturellen Aktivitäten. Alles beschränkte sich auf Telefonate in den Osten oder in die Schweiz zu Armin und Susanne. Ich glaubte fast, daß mein intellektueller Verfall und mein sozialer Abstieg vorprogrammiert waren. Ich steckte mir Tagesziele, d.h. ich ging nicht nur einmal pro Tag einkaufen, sondern vergaß absichtlich irgendein Teil im Supermarkt, daß ich am Nachmittag noch mal einen Grund hatte, das Haus zu verlassen. Spielplätze oder andere Möglichkeiten der Kinderbeschäftigung gab es in dieser Gegend kaum. Erstaunlich war, ich sah auch keine Kinder oder werdende Mütter. Also schob ich meinen Buggy vorbei an den schicken Einfamilienhäusern, mit den phantastisch dekorierten Vorgärten und Falte an Falte hängenden Gardinen, den bunten Fenstern, mit ihren Stroh- und Kunstblumenkränzen und sah nicht selten im hinteren Teil der Gärten, eigens angefertigte improvisierte Spielplätze mit eigener Rutsche und irgendwelchen andern Spielsachen, natürlich passend zum Golfrasen. In diesen *Bilderbuchvorgärten* putzte dann die

Hausfrau mit Handschuhen und weißer Bluse mit Spitzenkragen, ihre ohnehin schon sauberen Fenster und Fensterbänke, zupfte ein bißchen hier und ein bißchen da. Lustige kleine Kürbisköpfe mit aufgemalten Gesichtern oder wahlweise bunte Tonenten oder riesige, grinsende Frösche saßen raffiniert gestellt hinter mancher Pflanze. Besonders anschaulich sind im Fenster die bunten Clowns auf hängenden Schaukeln schwebend mit trauriger Mine oder Hexen, reitend auf Besenstielen. Betont freundlich rufen sich die Hausfrauen über die Gärten zu: "Na , wie is` et uns?" "Juuuut! Und selber?" "Richtig juuut!" "Na denn, schönen Tach noch!" "Ja, sicher, Euch auch!" Und schon hatte man sich wieder belogen. Das ist die von mir meist gehörte Kommunikation in all den Jahren hier gewesen.

Irgendwann erzählte ich einer Hausbewohnerin meinen Frust über diese sich immer wiederholenden Tagesabläufe. Ich wollte raus. Was machen. Arbeiten! Sie erzählte mir, daß sie seit Jahren abends kellnern gehe, gutes Geld verdiene und tagsüber bei den Kindern sein könne. Sie bot mir an, im Restaurant zu fragen, da immer Leute gesucht würden. "Ich kann das doch gar nicht!" "Ach, dat lernen Se schnell. Dat kann ich Ihnen zeigen. Außerdem hat das keiner von uns gelernt." "Oh Gott, was zieht man denn da an?" "Weiße Bluse, mußte wohl sehen, daß die schön gestärkt ist, darauf legt die Chefin echt wert und schwarzen Rock oder eben wat dunkles. Ich guck mal nach, ich hab` sicher noch was im Schrank. Schürzchen gibt es bei uns, darum kümmert sich die Chefin immer selber, die kriegscht man ja gar niet so hin mit dat Stärkepulver. Wir haben oft richtig jgroße Hochzeitsgesellschaften, da muß dat schon sein. Na ja, wie jesacht, ich frag da heut mal direkt nach." "Danke, daß wäre super, obgleich ich nicht glaube, daß ich das kann." "Ja nun lassen se ma die Örkes nich hängen, dat wird schon!" Nur zwei Tage später war ich mitten im Kellnergeschehen und hatte direkt den harten Job in vollen Zügen erfahren. Ein kurzes "Hallo", mit namentlicher Vorstellung war alles, was im Trubel übrigblieb. Es war ein riesiges Ambiente, mit mehreren größeren "Sälen" und drei größeren verschiedenen Feierlichkeiten. Kurz und unverbindlich wurde ich schwerpunktmäßig angelernt, Zeit für Privates blieb da nicht. Über Bezahlung und Einteilung wurde da erstmal nicht geredet, Verträge gab es auch keine, da fast alle dies nur "nebenberuflich" machten. Es war hart. Den Gesellschaften, zum Teil private Unternehmer, war oft nichts gut genug. Sie hatten die Einstellung: Ich bezahle hier viel Geld und deshalb kann ich mir (fast) alles erlauben. Es gab natürlich auch Unterschiede. Das kristallisierte sich aber erst viel später heraus. Mein dauergewellter Chef behandelte jeden einzelnen Gast, auch wenn er noch so unangenehm war, als sei nur *ER* hier in diesem Laden wichtig. Wir bemühten uns und stießen oft an die Grenze der natürlichen Freundlichkeit, ohne teilweise auch nur die kleinste Anerkennung vom Gast zu erhalten. Es dauerte lange, bis ich begriffen habe, welches Kapital und welcher Reichtum es hier in dieser Gesellschaftsordnung ist, derartige solvente Kunden immer wieder begrüßen zu dürfen. Für sein eigenes Fortkommen als Unternehmer sind Beziehungen und eine gute Empfehlung fast wichtiger, als die Beziehungen, die man im Osten haben mußte, um halbwegs zu überleben. Da es im Restaurant auch eine große Kegelbahn im Keller gab, konnte ich fast täglich abends arbeiten und war somit völlig ausgelastet. Manchmal ging ich nachts barfuß nach Hause, da ich einfach nicht mehr in meine Schuhe reinpaßte. Ich lernte viele neue Leute kennen, die uns einluden und mit denen wir manchen Samstag verbrachten. Irgendwie gehörte ich so langsam dazu und auch Clara genoß die wenigen Nachmittage bei Bekannten, welche auch Kinder hatten. Die waren teilweise wesentlich älter, das war aber egal. Sie lechzte förmlich nach Gleichgesinnten. Mein Selbstwertgefühl steigerte sich enorm, nicht nur wegen des verdienten Geldes, was uns half, nach und nach Möbelstücke zu erstehen, nein, ich unterschied teilweise schon ganz genau, wem ich meine – unsere "Wahrheit" erzählen konnte und wem nicht. Viel zu viele Jahre glaubte ich, aus heutiger Sicht, nur weil ich jenseits der Grenze geboren wurde, mich zu rechtfertigen und biegsam und flexibel wie nur möglich zu sein. Ich dachte manchmal wirklich, hier leben die besseren Menschen und denen hat man sich irgendwie unterzuordnen. Wir lebten extrem sparsam und führten akribisch Haushaltsbuch. Wir verzichteten auf jeglichen Luxus und mein Nebenjob wurde richtig zur Sucht, wegen des Geldes, was wir in gewisser Form "nur" als Zubrot sahen. In dieser Zeit blieb das Familienleben völlig auf der Strecke. Ich kam nachts nach Hause und Clara forderte schon wenige Stunden später ihr Recht. Oft war ich übermüdet und genervt, wenn Veit nach der Arbeit kein Verständnis zeigte, mit mir in die Stadt zu fahren oder noch etwas zu unternehmen. Die Wochenenden waren verplant, tagsüber habe ich geschlafen, da die Arbeitszeiten an Samstagen bis teilweise fünf Uhr morgens gingen. Veit fuhr dann mit Clara in irgendwelche Parks oder ging im Wald mit ihr spazieren. Ich genoß die Ruhe in der Wohnung und war froh, wenn ich niemanden sah. Wir hatten in kürzester Zeit unsere alte Lebensqualität, was die materiellen Dinge betrifft, wieder, haben aber bei unserer Vorstellung und unserem Ehrgeiz, uns selber, als Ehepaar und Partner völlig vernachlässigt. Darüber allerdings, machten wir uns zu diesem Zeitpunkt noch keine Gedanken. Unsere Hausarbeiten verlegten wir oft auf´s Wochenende. Veit und ich haben seit Jahren eine stumme Planung der Aufteilung der Arbeiten. Jeder macht irgendwie seine Bereiche und automatisch verteilt sich das auf die gesamte Wohnung. Schon immer waren wir in Sachen wie Einkaufen, Putzen und Organisieren völlig gleichberechtigt. Anders, als die hier oft angetroffenen Haus- und Ehefrauen, sehe ich es nicht als meine Hauptaufgabe, nur den Mann im Hause zu bekochen, zu verwöhnen und zu umgarnen. Hätte ich hier einen Job mit guten Verdienstmöglichkeiten bekommen, wäre Veit bei Clara geblieben und hätte den Haushalt geregelt. Es war Sonntag. Strahlendes Wetter und hinterm Haus der kleine Trockenplatz für die Wäsche mal frei. Ich freute mich. Unsere Waschmaschine, zugegeben aus finanziellen Gründen kein sonderlich gutes Fabrikat, hatte so wenig Schleuderumdrehungen, daß Bettwäsche oder Jeans ewig hingen und im Grunde wieder hätten gewaschen werden müssen, aufgrund des müffigen Geruches. Ideales Trockenwetter. Ich hing meine Wäsche also hinterm Haus auf. Einige Stunden später hörte ich laute Diskussionen im Haus. Offenbar waren alle Nachbarn im Treppenhaus und erzählten eifrig über *irgendetwas*. Mich nervte das. Dieses hohle Gerede über Banalitäten, wie die Art und Weise der Mülltrennung, das Parken der Autos oder der Fahrräder im Keller oder die sich ständig öffnenden Türen beim Putzen der Haustreppe. Die Stimmen näherten sich und es klingelte an unserer Tür. Ich öffnete und ein leicht grauhaariger Mann mit sympathischem Lächeln stand vor meiner Tür. Wie im Film. Hinter ihm hatte sich der Rest der netten Nachbarschaftsdamen aufgefädelt und schauten an ihm vorbei in unsere Wohnung. Die Neugierde war dann doch größer, als elementare Anstandsregeln zu wahren und zu grüßen. Man hüstelte und räusperte sich und war sichtlich betroffen. "Gchute Mittach, Frau Reimann. Ick bine hier der Pfarrer in de Ort und ihre Mitbewohner hatte miche gebete, sie zu bitten, de Wäsch` vom Jarten zu hole. Wir haben heut` Sonntach." Er schien richtig nett und sichtlich peinlich berührt. Eine der Nachbarinnen fügte hinzu: "Wissen Se Frau Reimann, dat is ja och niet persönlich jemeint, aber ich had de janze Woch` so ne Streß mit de Haushalt und de Maloche, da kann ich off`n Sonntach nich auch noch fremde Wäsch` vor de Wohnzimmerfenster jebrauche." Der Rest der katholischen Schwestern die im Gleichklang nickten und ihrem "Sprachrohr" stummen Geleitschutz darboten, lächelten nun mitleidig und beteuerten ihr Verständnis. Ich dachte, gleich fangen sie an zu weinen und ich sah sie in Gedanken, jede einzeln tröstend, auf mein Schoß sitzen. Veit sprang wie auf Bestellung mit dem Wäschekorb herbei und lief nach unten. Clara kam zur Tür und unsere Betgemeinde fing beinah ein bißchen behindert an zu lachen und war sich auch diesmal einig: " Neee! Is dat ne Leckere!" Ja dann, mit Gottes Segen!

Es war wieder einmal einer dieser Kellnerabende. Das Haus war voll und alle waren beschäftigt. Um die Theke herum standen einige Tische für das Glas-Bier-Geschäft. Komischerweise bediente ich in diesem Bereich nicht gern. Eine etwas größere, gemischte Gesellschaft saß um einen der Tische und ab und zu starrten sie mich an und lachten und kreischten. Ich beachtete sie kaum und hoffte, daß einer der Kollegen oder der Chef sich darum kümmerte. Abwechselnd hoben sie die Gläser oder schnipsten mit den Fingern, winkten oder brummten laut: " Eh? Pilllls!" Nein Caroline! So hatte sich noch keiner "bemüht". Unverschämt! Wer bin ich denn! Schnipsen mit den Fingern und ich trete an! Nein, nicht mit mir! Ich ignorierte sie einfach. Minuten später fragte mein Chef mich: "Sag mal Caroline, hast du den Tisch da drüben schon gefragt, ob sie noch was trinken wollen?" er deutete auf eben diese Gesellschaft. "Nein!" erwiderte ich leicht arrogant. "Tu dat mal, aber sei etwas einfühlsam. Die warten, bis die Kegelbahn frei ist. Die kommen jeden zweiten Freitag im Monat." sagte er und fügte hinzu "Wenn du Probleme mit denen hast, dann ruf mich". Und ob ich die hatte. Schon im Vorfeld, lieber Rolf-Dieter, dachte ich. Ich ging widerwillig zum Tisch dieser unfreundlichen Menschen. Als ich am Tisch ankam und mit betont aufgesetzter Freundlichkeit fragte, was sie trinken wollen, erhielt ich die Bestellung geschrieben auf einem Bierdeckel. Die Menschen waren alle taubstumm! Geprägt von diesem Vorfall, war ich natürlich besonders bemüht, die nächsten Wochen und Monate unvoreingenommen die Gäste zu bedienen. Der Laden war extrem voll. Weihnachtsfeiern und runde Geburtstage sowie Betriebsfeiern waren angesagt. Mit zunehmender Uhrzeit wurden die Gäste, besonders die männlichen immer betrunkener. Ausgelassene Stimmung und lautes Gelächter. Ein großes Biertablett in der einen und vier Wasserflaschen in der anderen Hand, so bahnte ich mir den Weg durch die engen Tische. Ich zwängte mich zwischen ein Paar, um das Tablett auf dem Tisch abzustellen. Der Mann grölte: "Klar komm her, stell et ruhig hier bei misch ab!" Sein Kopf war hochrot und seine weißblonden Haare an der Stirn schon schweißnaß. Er starrte mich von der Seite mit seinen rotunterlaufenen Augen an. Plötzlich spürte ich etwas zwischen meinen Beinen bis hoch direkt in den Schritt. Es war seine Hand. Erschrocken aber leider nicht spontan genug sagte ich betont laut: "Sagen Sie mal, was soll denn das. Lassen Sie das sofort sein!" "Wat denn, wat denn, ich wollte doch nur ma kieke, wat man im Osten so für Unterwäsche träjgt!" Der Tisch jubelte und holte sich gar nicht mehr ein vor lachen. Ich ließ das Tablett stehen und ging sofort vor an die Theke zu meinen Chef. Ich berichtete von dem Vorfall: "Sag mal, muß ich mir denn so was bieten lassen??" "Wer war dat denn? Du hast dich bestimmt getäuscht." Ich wies auf den Tisch und zeigte ihm den Mann. "Ach der Lensen, Jupp, nö, Caro, dat glaub ich niet! Daneben sitzt doch die Annemie, seine Frau. Wart mal, ich geh mal und frag mal wat los war." Rolf-Dieter lief betont locker zu dem Tisch. Ich sah ihn lachen und erzählen. Ich ging näher ran und hörte ihn sagen: "Na Jupp, allet klar? Essen jut und sonst auch zufrieden? Ach dat Tablett. Warte Jupp, dat mach ich. Wenn man sich niet um allet selber kümmert. Und sonst? Noch Wünsche oder allet bestens?"

Über Weihnachten fuhren wir unverhofft und ohne Vorwarnung in die Schweiz zu Armin und Susanne. Es war ein tolles Fest. Es war landschaftlich ein Traum und es lag Schnee. Wir genossen die Tage und konnten uns endlich ein wenig erkenntlich zeigen, für alles, was diese Familie einst für uns getan hatte. Leider mußten wir erfahren, daß deren Ehe zur Zeit kriselte und beide schon mehrfach über Trennung nachdachten bzw. schon getrennte Wege gingen. Diese Tage aber sollten sehr harmonisch werden. Auch wir brauchten dringend Urlaub und Ruhe, denn wir hatten lange Wochen einen Freund aus D. bei uns aufgenommen, der als Flüchtling in der Prager Botschaft und nunmehr völlig orientierungslos war. Wir gingen mit ihm dieselben Wege und gaben die gleichen Hilfestellungen, die uns die ersten Wochen geboten wurden. Später erst holte er seine Frau und seine Kinder nach. Alle Anrufe bei Freunden und Verwandten auf Westseite verliefen ähnlich wie bei uns. Der Schock des plötzlichen Hierseins, die Angst, daß wir jetzt an deren Geld wollen und das Angebot, wenn man gar nichts anderes finden würde, könne man sich mal wieder melden, natürlich nur für zwei oder drei Tage, da die Wohnungen ja alle so klein wären. Meist endeten solche Telefonate mit den Worten: "Mensch Kinder, so schlecht ist es euch doch da gar nicht gegangen!" Aus unserer Erfahrung heraus kann ich sagen, daß keine der ganzen langjährigen Brieffreundschaften oder Verwandtschaftsverhältnisse zu DDR-Zeiten hier nach unserer Ankunft im Westen fortgesetzt wurden. Man war nicht mehr erreichbar. Vergessen waren die Versprechungen und Liebesbeweise. Von diesen Leuten gab es kein Mitgefühl mehr und schon gar keine Hilfe. Natürlich auch an Weihnachten keine Pakete, mit 20 Sorten Puddingpulver oder Backmischungen und Tütensuppen. Schade!

Nach und nach intensivierten sich die Kontakte zu Veit`s Eltern. Es lag natürlich nahe zu fragen, ob sie noch Zugriff auf unsere damals komplett neu eingerichtete Wohnung hatten. Die Wintersachen und diverse andere Dinge hätten wir hier gern gehabt, aber vor allem gebraucht. Viele private und persönliche Kleinigkeiten wären für mich unheimlich wichtig gewesen. Fotoalben, Tagebücher, unsere Hochzeitsgeschenke, Kindheitserinnerungen, Federbetten und so weiter. Nicht nur unsere Gegenstände befanden sich in unserer alten Wohnung, auch die meiner Eltern. Antiquitäten und teures Porzellan, Literatur und große Buch-Bände, die zu DDR-Zeiten eine echte Rarität waren und ihren Zeitwert nie verlieren würden. Viel zu sehr mit sich und der neuen politischen Situation beschäftigt, verliefen diverse Kontakte recht hektisch. Die Ereignisse überstürzten sich regelrecht und die Menschen im Osten hatten verständlicherweise große Umstellungsprobleme, hauptsächlich die ältere Generation. Meine Schwiegereltern schickten uns Pakete mit neuwertigen Sachen, Handtücher, Töpfe, Bettwäsche. Sie kauften diese Dinge von dem Restguthaben von unserem DDR-Konto. Wir waren froh und traurig zugleich. Spielzeug, mit dem ich teilweise groß geworden bin, meine Büchersammlung, meine Schul-Erinnerungen, die Fotos unmittelbar nach Clara`s Geburt - nichts von dem konnte mehr "gerettet" werden. Die Staatssicherheit habe direkt unsere Wohnung versiegelt und es sei kein Reinkommen mehr möglich gewesen. Wir trösteten uns damit, daß wir beim Fortgehen damit rechnen mußten und das nun, dank der Entwicklung nicht wirklich was verloren schien, im ideellen Sinn. Veit´s Bruder Ronny, zu dem ich zugegebenermaßen, schon in alten Zeiten ein gespaltenes Verhältnis hatte, schilderte uns seinen Einsatz uns zu helfen so dramatisch, daß Ronny und seine Frau Grit die ersten Personen waren, denen wir große Pakete als Dankeschön sandten. Wir hatten so viel Mitgefühl und Dankbarkeit in uns, daß der Rest der Familie uns so liebevoll zu diesen Zeiten der Umorientierung und der eigenen Probleme bedachten, daß wir ein richtig schlechtes Gewissen bekamen. Ronny sagte am Telefon: "Ihr macht euch gar gein Bild eh, was hier abläuft. Escht! Unter Einsatz unseres Lebens ham wir versucht, nachts, ganz heimlich mit dem Vater in eure Wohnung zu kommen. Keine Chance eh`! Du globst ja gar ni, was hier los is! Montags ist Fakt: Demo! Mensch, wenn wir alle nicht unser Leben hier off`s Spiel gesetzt hätten, könnten wir euch jetzt keene Pagete schicken." Langsam bekam ich die Krise und erwiderte: "Ronny, was ein Schwachsinn! Wenn wir alle nicht unter Einsatz unseres Lebens geflohen wären, hättet ihr gar nicht demonstrieren können! Im Vergleich zu unserer Flucht zum Beispiel, waren eure Montagsdemo´s ein Witz. Für euch hat sich doch vorerst gar nichts geändert. Wir hatten hier noch nicht mal ein Streichholz, womit wir eine Kerze hätten anzünden können!" "Nu das habt ihr doch so gewolldd! Ihr hattet doch hier alles! E` schickes Audo, massenhaft Westbeziehungen, ihr hattet ja sogar de Möbl aus`m Westen. Ihr gonntet euch doch äscht ni beglachen!" "Sicher nicht! Aber was nützte das denn letztendlich?! Jahrelang habt ihr alle geschrien, wie beschissen es im Osten ist. Keiner war zufrieden. Wir sind den schwierigeren Weg gegangen. Und glaube mir, viele haben es nicht geschafft. Gerade weil es uns finanziell und materiell recht gut ging, ist es um so schwieriger, hier Fuß zu fassen und mit nichts zu beginnen. Dazu noch mit` nem Kind. Es gibt genügend, die abgestürzt sind und nun aus der Scheiße gar nicht mehr rauskommen. Glaub mir, wir haben auch Leute gesehen, die hier mit dieser Gesellschaft aufgewachsen sind und in 40 Jahren nicht auf dem Niveau, wie wir schon heute nach einigen Monaten.!" "Na ja, is och wurscht. Ich weeß nur ens, ich wär ni abgehaun. Warum sollte ich. Guck ma Schwäääägerin, im Grunde hab ich bald och alles wie ihr und glob mir, wenn de hier so richtig in der Revolutze mit drinne hängst, daß is e richtig geiles Gefühl. Off den Demos mitzumischen und dann siehste, daß de was erreichst damit. Irre! Na ja, aber den alten Herrn habt ihr ganz schön schoggiert. Der war fertig! So langsam geht´s schon widder. Sei dor ma ehrlich Schwäägerin, die ganze Aktion is dor off deinem Mist gewachsen. Das habt ihr dor geplant, oder?" Es war sinnlos! Er war *der* Volksheld, der die Wende mit ermöglichte. Helden waren wir auch keine, aber die zig-tausend, die unter widrigsten Umständen schon viele Jahre eher, auf ihre ganz eigene Art und Weise versuchten, mit ihrem stillen Protest, was zu bewegen. Auf uns wurde nicht geschossen - was hatten wir ein Glück!

50

Zurück in die Vergangenheit

Karneval im Rheinland! Der Ausnahmezustand. Geschäfte und Firmen arbeiten verkürzt oder gar nicht. Die größte Party im Jahr ist zu Karneval. Kurz entschlossen und ohne Anmeldung planten wir, für einige Tage nach D. zu fahren, in unsere alte Heimat. Schnell packten wir die nötigsten Dinge in den Wagen und fuhren mitten in der Nacht los. Fast 800 Kilometer waren kein Pappenstiel und wir waren aufgeregt. Plötzlich wären wir da, stehen vor Türen unserer Freunde und Bekannten und malten uns in Gedanken ihre Reaktionen aus. Keiner konnte damals unser Verschwinden erahnen, wenige wußten unseren neuen Aufenthaltsort. Wir fuhren vorbei an kleinen Holzhütten mit bunter, selbstgeschriebener Reklame, sahen hier und da einen PKW westlichen Fabrikates und älteren Baujahres als Symbol der Verwirklichung des eigenen Traumes. Ansonsten waren das Straßenbild und das gesamte äußere Umfeld, der Kleidungsstil der Menschen inbegriffen, eine graue Masse und für uns der absolute Kulturschock. Hatten wir uns doch in den vergangenen Monaten an diesen aufgeräumten und sauberen, ja auch oft von mir belächelten Straßencharakter gewöhnt. Beim Durchqueren kleiner Ortschaften und deren Straßen, wurde uns Angst und Bange, da wir befürchteten, unser Auto bricht auseinander. Die riesigen Schlaglöcher, die teilweise nicht begrenzten Straßen, ließen uns wissen: Wir waren zu Hause!

In D. angekommen, zog es uns magisch zu unserer damaligen Wohnung. Gerührt standen wir vor Veit´s "Kinderstube" und unserer späteren, gemeinsamen Wohnung. (Veit`s Eltern lebten fast 20 Jahre in diesem Haus und wir zogen anschließend in die Wohnung). Es war verrückt. Unsere Fensterdekoration, von Veit selbstgenähte Leinenrollos (ein älterer IKEA-Katalog diente uns als Vorlage damals), unsere Fenstergardinen, die bemalten Wände in Clara´s Zimmer – alles war so, als wären wir nur mal eben einkaufen gewesen. Gern wären wir in "unsere" Wohnung gegangen. Statt dessen klingelten wir bei unseren alten Nachbarn, ein Ehepaar, was damals zu Kindertagen für Veit als Ersatz-Großeltern auf die Geschwister aufpaßte und Veit schon kannte, als er vermutlich noch Windeln trug. Herr Schneider öffnete die Tür. Es war noch früh am Morgen und er war sicher auf uns nicht vorbereitet. Er hatte so seine Mühe uns wiederzuerkennen und war völlig sprachlos. Nach einigen Schocksekunden begrüßten wir uns herzlich, seine Frau eilte herbei und einige Tränen deuteten sich an. "Wir wollten nur mal `hallo` sagen und gar nicht lange bleiben" sagte Veit. "Ja, das ist ja eine Überraschung. Mensch und die Kleene is ja groß geworden und die vielen Locken, wie der Veit damals, ganz genau der Veit." freute sich Frau Schneider. "Mensch, nun erzählt mal, wie ist es euch denn ergangen? Aber eh` ihr loslegt, eins muß ich ja sagen, es sind ja viele rübergemacht, aber so gut wie ihr, so ´nen klasse Start, hattet ihr ein Schwein! Ihr brauchtet euch ja so gut wie nischte neu kofen." Ich schaute Herrn Schneider ungläubig an. Was meinte er denn? Ich fand unseren Start im Westen alles andere als einfach und kaufen mußten wir uns aber grad alles neu und überhaupt, woher weiß der Mensch das alles??! "Mensch," begann er wieder "war das eine Aktion damals. Da war von dor Wende noch gar nischt zu sehen, geschweige denn zu ahnen, als ihr weg seid! Was ham` mir hier gewühlt. Jede Nacht bin ich mit`m Kleen und eurem Vater gefahren. Wir ham´ eure Wohnung komplett ausgeräumt. Die Stasi, die

Verbrecher! Als die kamen, war alles leer. Ich konnte im Keller kaum noch dräten. Nacht für Nacht ham´ wir eure Wohnung leergeräumt und vieles hat der Ronny noch verkoofen könn`, an irgendwelche Kollegen. Uns hat überhaupt gewundert, daß die erst so spät Lunte gerochen ham`, na ja, danach ham´se die Bude versiegelt, aber da war ja eh´ alles schon raus." Er freute sich und war sichtlich stolz. Wir waren sprachlos. Ich dachte, der Boden öffnet sich jeden Moment unter mir. Ich dachte, das ist ein ganz fürchterliches Mißverständnis und würde sich sicher bald klären. Nach Minuten des Schocks und des Schweigens rang ich nach Luft: "Herr Schneider, wollen sie damit sagen, daß sie zusammen mit Veits Bruder und Veits Vater alles aus unserer Wohnung "retten" konnten???" "Nu freilich. Aber dein Klavier ham wir drinne gelassen. Ich globe, daß hätte och ni in ee Paget gepaßt." Lachte er über seinen Witz. "Herr Schneider, nicht das sie denken, daß ich sie nicht verstehe. Ist es tatsächlich wahr? Wissen sie, noch vor einigen Tagen habe ich mit Ronny telefoniert und ihm gesagt, daß wir dringend neue Betten kaufen müssen, da es nachts schweinekalt ist und das ich es bedauere, daß er nicht mehr in die Wohnung gekommen ist, da wir nun, da die Grenzen offen, ja nach und nach unsere Sachen mitnehmen könnten. Herr Schneider, er hat am Telefon fast geweint und geschworen, daß er uns so gerne geholfen hätte, aber das die Angst so groß war, von der Stasi erwischt zu werden und außerdem sei die Tür versiegelt worden, direkt einen Tag nach unserem Verschwinden!" Ich dachte, ich schnappe gleich über. "Ach, Maus, komm, das ist doch jetzt scheißegal. Damit mußten wir doch rechnen, als wir weg sind. Sei doch froh, daß wir jetzt hier sein können, vor einem Jahr noch, haben alle davon geträumt." schlichtete Veit. Ich dachte, ich bin im falschen Film! "Veit! Was Herr

Schneider uns hier gerade mitteilte ist, daß deine eigene Familie ihren Sohn beklaut hat. Das der liebe Ronny, dein ach so ehrlicher Bruder, *UNSERE* Sachen verscheuert hat und sich an unseren Dingen bereichert und zwar, ohne Skrupel. Nicht nur unsere Klamotten waren in der Wohnung, auch die meiner Eltern, was glaubst Du wohl, was passiert, wenn die das erfahren??!" schrie ich ihn an. "Nun wart doch erstmal ab, vielleicht kriegen wir die Sachen alle noch. Die wissen ja nicht, daß wir kommen und außerdem können wir das später klären." Veit war genervt. "Du, daß klären wir nicht später, das klären wir sofort!" Ich war außer mir. Herr Schneider fügte noch hinzu: "Also, es waren teilweise auch schon zugenagelte größere Holzkisten dabei, das war praktisch, da hatte man nicht so viel zu packen. Deshalb war euer alter Herr auch so stinkig, weil er dachte, ihr habt das alles organisiert." "Herr Schneider, das waren die Kisten meiner Eltern, die wir untergestellt hatten und nach und nach deren Eigentum mit Paketen schicken wollten. Unter anderem waren da auch in einem Recorder 35.000 ,- - (Ost)Mark eingebaut. Sie können sich also vorstellen, was mich täglich am Telefon erwartet. Das darf ich denen gar nicht sagen. Die rasten aus!" ich war am Ende. "Nu ja, aber wenn mir ehrlich sein wolln, könn` se euch da gar keen Vorwurf machen, damit mußten se rechnen, als se hier abgehaun` sinn." meldete sich Frau Schneider. "Es geht doch hier um´s Prinzip! Frau Schneider, ich weiß, sie können nichts dafür. Wenn es die Stasi rausgeräumt hätte, ok. Da wäre es weg gewesen. Das wäre mir aber in diesem Moment fast noch lieber gewesen!" Wir verabschiedeten uns bald darauf von Schneiders und bedankten uns dennoch für die Hilfe. Beim Hinuntergehen rief Herr Schneider noch hinterher. "Wartet ma ab, ich glob schon, daß ihr euer Zeug begommt. Der Ronny ist doch so ee feiner Kerl, das dud der doch ni!"

Wir saßen im Auto. Ich weinte verzweifelt vor mich hin. Clara war unruhig. Wir waren fast zehn Stunden ununterbrochen gefahren und fertig. Veit wurde böse: "Jetzt reiß` dich bloß zusammen! Ich habe keine Lust auf Grundsatzdiskussionen. Sieh´s mal so, wenn ´s die Stasi rausgeholt hätte, hätten wir auch nichts gehabt davon. Wenn du hier ein Riesentheater machst, fahre ich sofort wieder nach Hause! Warte doch erst mal ab, vielleicht haben die alles da und geben es uns gleich!" "Veit!!! Warum hat Ronny dann davon am Telefon nichts erwähnt? Warum schickt deine Mutter uns nagelneue und von unserem Geld gekaufte Töpfe und Geschirr und Bettwäsche, die dazu noch superscheiße aussieht? Wir hatten alles neu. Es waren unsere Hochzeitsgeschenke!! Meine Tante hat uns einen Edelstahltopfsatz geschenkt, Du weißt selber, wie teuer diese Töpfe sind und was für eine Rarität das im Osten war. Die neuen Töpfe von deiner Mutter haben orange Blumen und brennen ständig an. Ich will meine Töpfe und meine Bettwäsche und meine Klamotten und verdammt nochmal ich will meine neuwertigen Federbetten wieder!!!" Ich drehte so langsam durch. Clara auch, sie war übermüdet und hungrig. "Laß uns erstmal zu meinen alten Herrschaften fahren und dann schauen wir weiter. Aber bitte tu` mir einen Gefallen, halte dich zurück!!!" Das war eine Drohung und ich verstand meinen Mann nicht mehr. Bei Veits Eltern angekommen, verliefen die ersten Stunden ziemlich reserviert. Der Vater hatte nicht viel zu sagen. Veits Mutter vermittelte, mit ihrer permanent ausgeglichenen und immer ruhigen, lächelnden Art. Ich sagte keinen Ton. Es drehte sich irgendwie alles um Clara. Irgendwann erwähnte ich, daß wir eben bei Schneiders waren und hoffte, sie zu überführen. Veits Mutter entgegnete ruhig: "Ach? Schön, na die haben sich sicher gefreut. Wie geht es denen denn? Wir haben die auch eine Ewigkeit nicht mehr gesehen." "Ja so ganz gut. Sie haben uns von eurer Ausräumaktion berichtet. Ihr wißt schon, daß ihr alles retten konntet noch bevor die Stasi die Wohnung beschlagnahmen konnte!" sagte ich und erntete von Veit einen warnenden Blick. "Hör mir auf!" sagte die Mutter "Das war damals ein Ding du. Da darf ich gar nicht dran denken! So eine Arbeit die wir mit eurem Zeug hatten! Aber eh´ wir das denen in den Rachen schmeißen?!" "Ja aber wo ist denn unser Zeug???" fragte ich. "Alles weg, den größten Teil haben wir weggehauen. Das war gar nicht so einfach, jemanden so schnell zu finden, der das alles haben wollte." sagte Veits Mutter gleichgültig. "Mutti, wir hatten alles neuwertige Sachen. Einen Tag vor unserem Urlaub haben wir noch unsere neuen Schlafzimmermöbel aufgebaut! Unser Wohnzimmer bestand komplett aus Möbeln, die meine Eltern teilweise über Beziehungen erstanden. Ich kenne keinen, der uns in der Wohnung besuchte und nicht scharf war, auf diese Sachen. Unsere Anziehsachen ebenso. Ich bin ja teilweise auf der Straße angesprochen wurden deshalb! Ich kann das nicht glauben. Wooo sind unsere Sachen?" Der Vater tat, als habe er es nicht gehört. Er saß am Tisch und säuberte sich seine Fingernägel. "Ach Du hör mal Großer, was habt ihr denn eigentlich geplant? Wir müssen uns ja nun erst mal überlegen, wie wir das machen. Wollt ihr hier schlafen, oder wie oder was? Ne, weeßte, dann würden wir hoch in den Busch (Garten) fahren, da habt ihr hier eure Ruhe. Der Pa` muß dann sowieso gleich los und der Ronny und die Griti bringen mich dann hoch. Weeßte, die ham nämlich unsere "Pappe" (Trabi)." "Macht euch keine Umstände, das wird schon." Was für eine Antwort! Veit ist immer in der Gegenwart oder nach Besuchen bei seiner Familie derartig verändert, daß es bei uns regelmäßig Ärger gibt. Als ob er seine Person verläßt, für die Zeit des Besuches bei ihnen. Bei diesem Gedankengang klingelte es auch schon an der Tür: "Hi Ma! Hi Pa!" schleimte das Gritli. "Na Mutsch, alles paletti? Wir ham e bissel verbennt, ar wir wußten ja, daß de ni weggannst ohne die Pabbe!" säuselte ihr Ronny. "Geht mal in die Stube, wir haben Besuch." Beide öffneten die Tür. Ihnen gefror das Gesicht - ein wenig - dann überschwengliche Freude. "Eh, du kriegst de Dür ni zu! Was macht ihr denne hier? Habt ihr ken zuhause? Ach, da is das euer Wagen mit dem komschen Gennzeichen.? Habt ihr keene Arbeit oder wie sääh ich das?" Na ja, die üblichen Sprüche von Ronny. Das Gritli kluckste vor sich hin und hatte ihr Dauerlächeln aufgesetzt und meinte immer und sich wiederholend, daß das echt schön ist, daß wir da sind. Veits Vater gab irgendwelche Geräusche von sich, schien, als säuberte er sich mit der Zunge seine Zähne und drehte an seiner Uhr. "Eh Großer, was is´n das für ne scheiß Automarke!! Also ens weeß ich, wenn das hier so weitergeht, weeßte, dann koof ich mir den Wagen aller Wagen. Stell dir vor, du fährst früh off deine Arbeit und glotzt durch`n Stern! Is das ni e geiles Gefühl???" (Zum damaligen Zeitpunkt konnte unser Ronny nicht wissen, daß er lange Zeit keinen Grund haben würde, sich früh ins Auto zu setzen.) Ich verkniff mir zu fragen, von welchem Geld er sich denn seinen Wagen finanzieren wollte. Das könne ja nun solange nicht mehr dauern, er hat ja gute "Geschäfte" gemacht die letzten Tage! "Wo ist der Recorder mit dem Geld?" fragte ich unvermittelt. "Schwäägerin, nu bleib ma ruhig! Das mit dem scheiß Geld du, hab ich de Schnauze voll. Die Gohle is da, keene Angst." Der "Pa" verließ das Wohnzimmer. Ich bluffte: "Sag mal, Ronny, und unsere Wohnung war direkt versiegelt nach dem ersten Tag, als unser Visum in Ungarn abgelaufen war?" "Ach weeßte, das ging hier drunter und drüber. Hier war richtig de Revolutze. Ich weeß das gar ni mehr so genau. Off alle Fälle sin mir ni mehr reingegomm`." Als er das sagte, war ich froh, nicht bewaffnet gewesen zu sein. So ein kleiner, feiner Schreck-schuß, diese vollgeschissene Hose hätte ich ihm gegönnt. "Tja Ronny, da müssen Schneiders lügen oder völlig senil sein.!!" Mein Ton wurde schärfer. "Was habt ihr mit unse-ren Sachen gemacht! Wo sind unsere persönlichen Dinge und die Kisten von meinen Eltern aus dem Keller? Ronny, Clara friert sich nachts den Hintern ab und wir auch. Wir brauchen dringend unsere Federbetten. Weißt du, was das bei uns alles kostet?" "Schwäägerin! Das gonnte doch kee-ner ahnen. Genausogut hätten wir uns erst in zig Jahren wiedersehen gönn`. Aus den Federbetten haben de Griti und ich uns Sommerbetten machen lassen. Sollt`n mir die wegschmeißen oder was?" "Ich denke, ihr konntet nichts aus der Wohnung holen??" Veit stand auf und ging raus zu seinem Vater. Er ließ mich alleine. Veit ging mit seinem Vater unser Auto anschauen. "Was ist mit unserer schwar-zen Vitrine?" (Ich habe diese kleine Vitrine sehr geliebt und war überglücklich, daß ich sie mir nun abholen konnte - wollte....) Jetzt meldete sich auch das immergrinsende Gritli zu Wort: "Caroline, da kannste dich off`n Kopp stelln und mit de Füße wackeln, wir ham nischt und du kriegst och nischt. Das war euer Risiko, als ihr gegangen seid." Sie stand auf und beim Hinausgehen sah ich, daß sie meine Schuhe trug. Ich lief ihr hinterher und sagte zu allen, die in der Küche standen: "Ihr habt die Wahl: Entweder unsere Sachen her oder ich gehe zum Anwalt oder zur Po-lizei!" (Es gab einige Monate nach Fall der Mauer ein neues Gesetz diesbezüglich.) Nun fing man an zu weinen und beteuerte seine Unschuld. Als wir alleine waren, suchte ich wie bescheuert die ganze Wohnung ab nach irgendeinem Indiz. Nichts.

Später fuhren wir zu meiner Freundin Lisa. Sie hatte uns zur Hochzeit außergewöhnliche Bilder und Keramik-Unikate von einem Grafiker und Bildhauer geschenkt. Empört erzählte sie uns, daß sich diese Kunst in der geschmacklosen Schrankwand neben den Viedeohüllen, die aussehen wir große Lexika, bei Ronny befänden und das ihr das gleich komisch vorkam. Außerdem erzählte sie mir, daß das Gritli mehr meine Sachen als ihre eigenen trug. Dieser ganze Besuch, auf den wir uns so gefreut hatten, wurde zerstört durch diese Begleitumstände. Wir trafen trotzdem alte Freunde und Bekannte, die diese Sache ein wenig neutralisierten. Viele Leute, die wir gern wiedergesehen hätten, waren unbekannt verzogen. Ein Ehepaar mit Kind, die uns sehr am Herzen lagen, haben wir Jahre später noch übers Deutsche Rote Kreuz suchen lassen. Die Telefonbücher aller größeren Städte haben wir durchgestöbert. Keine Spur. Bis heute nicht.

Wir fuhren (widerwillig) zu Ronny. Ich wollte mich überzeugen, daß meine Sachen sich, entgegen seiner Aussagen, dort befinden. Wir gingen ins Wohnzimmer. Nichts von dem war da, was Lisa mir erzählte. Nur im Flur, stand völlig deplaziert meine schwarze Vitrine. Beim Hinausgehen sagte ich zu Veit: "Ah fein, die können wir gleich abbauen und mitnehmen. Kriegen wir die ins Auto? Ach Veit, auch egal, und wenn ich die Kilometer tragen muß, Hauptsache, die steht in *unserer* Wohnung." Ich trällerte diesen Satz fast vor mich hin. Es war meine Unsicherheit und meine Sprachlosigkeit. Das Gritli stellte sich schützend vor die Vitrine und zischte mit zusammengekniffenen Augen: "Dieeee kriegt ihr nicht!" "Wir fahren morgen Abend wieder nach Hause. Bis morgen früh habt ihr Zeit, unsere Sachen in die Wohnung zu bringen. Und zwar alle Sachen! Auch die Vitrine! Ansonsten zeige ich euch an!" Damit verließ ich die Wohnung. Ich habe diese beiden Menschen seither nie wieder gesehen. Ich war konsequent mit mir. Ich konnte und wollte es nicht verzeihen. Ich habe es auch nie vergessen können! Im Haus hörte ich Veit noch sagen: "Tja Kleener, man sieht sich. Ok. Bis dann!" Als wir abends in die Wohnung kamen, war das Wohnzimmer über und über mit Kisten und Kästen und Tüten voll. Auch die Vitrine stand abgestellt und auseinandergebaut da. Es waren längst nicht alle Dinge. Aber ich war glücklich über meinen Sieg und traurig über diese familiäre Niederlage. Es war vorprogrammiert, daß diese niemals geklärte Auseinandersetzung früher oder später zum Verfall des Verhältnisses kommen mußte. Veit respektierte es dennoch, es waren seine Eltern und sein Bruder. Irgendwie tolerierte er es und lud alljährlich seine Eltern für mehrere Tage in den ersten Jahren zu uns ein. Die Stimmung war immer gespannt und endete damit, daß ich letztlich eine Ehekrise nach der anderen heraufbeschwor. Ich war außerstande, mit dem Wissen um die Vergangenheit "diese" Leute in meinen eigenen Räumlichkeiten zu ertragen. Es war für mich eine unüberwindbare Hürde, diesen Besuch zu überstehen. Freiwillig ging ich damals, wegen gesundheitlicher Probleme, ins Krankenhaus, bettelte den Stationsarzt sogar nach der OP, noch einige Tage länger als vorgesehen im Krankenhaus verbleiben zu dürfen. Veit reiste in den Jahren immer alleine zu irgendwelchen Feierlichkeiten nach D. Er übernachtete immer bei seinem Bruder und erzählte mir im Anschluß von den gemeinsamen Unternehmungen. Unsere verschiedenen Auffassungen diesbezüglich waren, so meine ich aus heutiger Sicht, der

Auslöser und auch ein gewichtiger Grund, für das Scheitern unserer Ehe.

So heimatbezogen wir auch immer waren, damals haben wir nie daran gedacht, in unser altes, heimatliches Umfeld zurückzukehren, obgleich wir dennoch dort unsere Wurzeln hatten.

Alltagsimpressionen

Mit den Monaten zog eine gewisse Routine ein und unbemerkt paßten wir uns dem dörflichen und konservativen Charakter dieser Gegend an, wenngleich wir Angebote für Schützen- und/oder Karnevalsvereine und verschiedenste Nachbarschafts-Treffen ablehnten. Nicht das diese Ablehnung eine grundsätzliche Reaktion war, wir hatten einfach kein Interesse an derartigen Freizeitbeschäftigungen. Automatisch katapultierten wir uns aber damit ins Abseits.

Eine Umschulung veränderte meinen Alltag erheblich. Die Zusammenstellung der Klasse war so gut gemischt, daß das Niveau durchschnittlich sehr hoch war und die unterschiedlichsten Personen in die Klasse involviert waren. Teilweise waren es Berufswiedereinsteiger, die vor den Kinderpausen gute und hohe Positionen hatten, andererseits auch einige Aussiedler, so wie wir. Das Verständnis und die Gruppendynamik waren enorm. Jahre später zehrte ich noch von diesen Monaten. Ich bildete mich zusätzlich abends unentwegt weiter und finanzierte mir diverse Schulungen nebenbei durch nächtliches Kellnern. Problematisch war die Versorgung von Clara. Nach monatelangen Bemühungen gelang es uns, nur durch Unterstützung einiger Ämter, einen Kindergartenplatz für sie zu erringen. Die unflexiblen Öffnungszeiten und die nicht vorhandene Versorgung durch Mahlzeiten in der Einrichtung, zwangen uns zu großen Organisationsplänen, da schon alleine fünf Minuten des zu späten Abholens im Kindergarten zu einigen Problemen führen konnte. Erschwerend kam hinzu, daß ich zum damaligen Zeitpunkt ohne Führerschein war und auch nicht motorisiert. Veit fuhr also in seiner Mittagspause in den 15 Kilometer entfernten Kindergarten, holte Clara ab und brachte sie nach Hause. Dieses ewige hin und her führte zu dauernden Streitereien. Wenn meine Mitfahrgelegenheit durch Krankheit fehlte, war Veit gezwungen, mich vor der Arbeit auch noch in die 20 Kilometer entfernte Schule zu bringen, da eine Busverbindung in dem Sinne nicht vorhanden war und diese Strecke zu einer kleinen Weltreise mutierte. An diesen Tagen saß ich also lange vor Unterrichtsbeginn vor der Schule und wartete auf die Öffnung dieser. Es schien alles so kompliziert. Also machte ich meinen Führerschein. Dies bedeutete für mich ein richtiges Stück Freiheit - auch heute noch.

Im Kindergarten indes, saßen die ariel-gesäuberten Übermütter und bastelten und veranstalteten Elternstammtische, die oft nur einen Grund verfolgten, mal in geselliger Runde über alle und jeden zu reden. Wichtige Themen wie Brotsorten oder Butter, anstelle von pflanzlichen Halbfettbuttern, oder das Organisieren eines Wandertages, schienen geradezu Auslöser für schlaflose Nächte zu sein. Man "kroch" sich gegenseitig auf ein "Käffchen" in die Wohnzimmer und kam sich bei derartigen Gelegenheiten, zumindest für einen bestimmten Zeitraum, näher. Man kommunizierte über oberflächliche Themen und übertrumpfte sich mit dem Können der kleinen Racker. Unter Beteuerung, demnächst unbedingt zusammen mit der Familie was zu unternehmen, endeten diese Kaffeeachmittage. Nicht zu vergessen dabei, daß die liebe Besucher- und Kinderschar verschwunden sein mußte, wenn der Ehegatte auf dem Hof vorfuhr.

Nach Beendigung der Umschulungsmaßnahme begann die Zeit der Endlosbewerbungen. Bis zu dreißig Bewerbungen verschickte ich pro Monat. Darüber hinaus telefonierte ich das Branchenbuch hoch und runter. Ganze Vormittage verbrachte ich damit, mit meinen Unterlagen unterm Arm, bei Firmen vorstellig zu werden, ohne Terminabsprache und auch leider ohne Erfolg. Um auf weitere Reinfälle besser vorbereitet zu sein und mich im Bewerbungsgespräch, wenn es denn überhaupt dazu kam, zu verkaufen, absolvierte ich bei einer Trainerin spezielle Schulungen. Dies gab mir Kraft und motivierte, mich weiteren Absagen zu stellen. Zumindest verließ ich nach erfolglosem Ablauf eines jeden Gespräches mit erhobenem Haupt die Firma, um dann im Auto erst meinen resignierten Gefühlen freien Lauf zu lassen. Ich schrieb an eine bekannte Illustrierte, die auch einen Jobbörsenteil in ihren Ausgaben darbot. Die Chefredakteurin war sehr hilfreich und kontaktierte für mich einige Frauennetzwerke in den zentralen Städten. Ich scheiterte auch da, da Clara nur bis mittags untergebracht war und sich Entfernungen bis 50 Kilometer für eine normale Anfahrt nicht rechneten und außerdem auch keine Stellen für Teilzeitjobs vakant waren. Ich inserierte selber in einigen Tageszeitungen und erhielt eine Menge unseriöser und dubioser Angebote. Mein Selbstwertgefühl war im Keller und meine Ausgeglichenheit ließ zu wünschen übrig. Unbemerkt schlüpfte ich in die Rolle der ewig Abgelehnten und war dankbar für jede Absage, die über das normale formelle Geplänkel hinausging. Kleinere Erfolge hatte ich, wenn ich aufgrund einer Anzeige direkt bei der Firma anrief und den Chef selber verlangte. Der Sekretärin erzählte ich, daß mein Anruf privat und dringend sei und sie mir dabei nicht behilflich sein könne. Ich wurde fast immer durchgestellt. Nun gab es zwei Möglichkeiten: Der Chef war empört über mein Auftreten, nachdem ich ihm den eigentlichen Grund am Telefon mitteilte und um einen Gesprächstermin bat, oder, er war beeindruckt und neugierig.

Mit dieser Methode hatte ich den größten Erfolg. Die Gespräche verliefen phantastisch. Man zeigte mir teilweise schon meinen Arbeitsplatz und stellte mich "meinen" Kollegen vor. Diese Gespräche waren so ausführlich und interessant, daß man oft vergaß, einen Blick in meine Unterlagen zu werfen. Als dies dann jedoch geschah, kippte schon beim Lesen weniger Sekunden die Unterhaltung. Die Augenbrauen wurden nicht selten nach oben gezogen und mit gerunzelter Stirn wurde ich lächelnd und betont freundlich gefragt: "Ah, sie kommen ja aus den neuen Bundesländern. Ich habe mir sagen lassen, daß D. eine ganz tolle Stadt sein soll?!" Anfangs schwärmte ich noch von dieser Kultur-Metropole und versuchte, meinen Gesprächspartner zu begeistern. Die Unterhaltung war meistens unmittelbar danach beendet. Nur zwei Tage später hatte ich die Absagen im Briefkasten. Ich gab auf, mich auf Stellenangebote zu bewerben, mit denen ich mich wirklich auch persönlich auseinandersetzen konnte. Bewarb ich mich als Verkäuferin in Drogeriemärkten oder bei einer Lebensmittelkette, wurde ich belächelt mit den Worten: "Sagen Sie mal Frau Reimann, was will jemand mit ihrer Qualifikation denn bloß bei uns?" "Ich will endlich arbeiten und nicht wegen meiner Herkunft diskriminiert werden!" "Frau Reimann, Sie sind komplett überqualifiziert. Mit den Damen die hier arbeiten, ohne diese abzuwerten, werden *SIE* keine Freude haben. Ich schwöre Ihnen Frau Reimann, in vier Wochen sind Sie wieder hier in meinem Büro und wollen kündigen." Gezwungenermaßen nahm ich alle möglichen Jobs auf Stundenbasis an. Telefonmarketing, Schreibarbeiten, Aushilfskraft in einem Buchladen nur für Sonntage, für lächerliche Stundenlöhne. Jede Putzfrau hätte mich ausgelacht. Nicht selten erhielt ich, vor allem für die Telefontätigkeit, noch nicht einmal mein Gehalt, da diverse Firmen über Nacht nicht mehr existierten. Dann der Lichtblick. Durch Zufall erfuhr ich von einem Stellengesuch in einer Firma, ganz in meiner Nähe. Noch am gleichen Abend hatte ich das bis dahin interessanteste und lustigste Bewerbungsgespräch. Die Position war überdurchschnittlich gut dotiert, das Ambiente ein Traum. Leider war zu dem Gespräch der Partner und Mitinhaber der Firma nicht zugegen, was aber in diesem Moment nicht störend schien. Alles war klar, alles war geregelt, meinen Arbeitsvertrag (als Muster) in der Tasche, so verließ ich nach vier Stunden die Firma, mit der Zusage, am nächsten Vormittag per Telefon weiteres zu besprechen, damit zum Eintrittstermin, nur drei Tage später, alles "in trockenen Tüchern" - so die Aussage des Chefs - sei. Ich war euphorisch und lud Veit zum Essen ein. Wir tranken Wein und freuten uns auf meinen neuen Job. Wir machten Pläne über unser finanzielles Weiterkommen, sprachen über Urlaub und auch darüber, daß mit diesem Zweitgehalt sogar ein Babysitter für Clara abends finanzierbar sei und nun endlich wieder gemeinsame Unternehmungen wie Kino, Theater oder Konzerte möglich sind. Das vereinbarte Telefonat am nächsten Tag fand nicht statt, da beide Chefs wichtige Termine außer Haus hatten. Ich hinterließ meine Telefonnummer und bat um Rückruf. Es vergingen mindestens vier Wochen. Fast täglich rief ich in der Firma an. Die Sekretärin versicherte mir den Rückruf und bestätigte, daß die Stelle nach wie vor unbesetzt sei, aber der Terminstreß die Herren momentan zu anderen Prioritäten nötigte. "Machen Sie sich keine Sorgen Frau Reimann, wenn unser Herr Franke Ihnen das zugesichert hat, dann können Sie sich darauf auch verlassen. Wie gesagt, ich krieg´ den ja auch kaum zu Gesicht." Ich glaubte ihr. Nach mehr als sechs Wochen hatte ich Herrn Franke dann kurz und angeblich während einer Besprechung am Telefon. Er teilte mir kurz und schmerzlos mit, daß man sich anders entschieden habe. Von seiner Freundlichkeit beim Gespräch, seinen Zusagen und seiner Freude, war nichts mehr zu spüren. Ich bat ihn dann, mir wenigstens meine Unterlagen zuzusenden. Nach vier Monaten erhielt ich meine Mappe. Zwischen den Seiten haftete ein gelber Klebezettel mit den Gesprächsnotizen beim damaligen Bewerbungsgespräch. Offenbar hatte man vergessen (?!), diesen zu entfernen. Folgender Text war zu lesen: ` *Termin am ..., mit Frau Reimann: Beurteilung: Artikulation sehr gut, kann sich gut verkaufen, gute Allgemeinbildung, Humor, attraktives Äußeres aaaaaber:!! DDR.!!!* ` Ich kopierte diesen Zettel und faxte ihn zu Herrn Franke mit den Worten, daß er dies doch sicher für seine Unterlagen benötigt und das ich diese Notiz für ein Armutszeugnis halte. Er rief mich peinlich berührt an und sagte: "Wissen Sie Frau Reimann, ich hätte Sie so gerne genommen, aber mein Partner war damit nicht einverstanden." "Herr Franke, was erzählen Sie mir denn jetzt! Ihr Partner kennt mich doch gar nicht. Er kann sich doch gar kein Bild von mir machen!" "Ach doch Frau Reimann, der hat Menschenkenntnis, glauben Sie mir." "Aber um Menschenkenntnis einsetzen zu können, muß man doch zumindest mal ein Gespräch geführt und sich persönlich kennengelernt haben." fuhr ich ihn an. "Tja, Frau Reimann, wie gesagt, an mir lag das nicht. Wir hier im Rheinland sagen immer: Was der Bauer nicht kennt, das frißt der nicht! Ja und der Meinung war mein Kollege halt auch." "Wissen Sie Herr Franke, Sie können sich bei Ihrem Kollegen ganz herzlich bedanken, für seine Entscheidungskraft. Ich bin wirklich froh darüber, daß es so gekommen ist! Stellen Sie sich vor, ich hätte tatsächlich in Ihrer Firma angefangen und Monate später IHRE wahre Einstellung erfahren, was meinen Sie, wie ich mich gefühlt hätte! Heute allerdings kann ich sagen, daß ich tatsächlich an Dinge zwischen Himmel und Erde glaube, die ich als Mensch nicht beeinflussen kann. So wurde ich rechtzeitig bewahrt vor so viel Intoleranz und Dummheit. Gute Geschäfte Herr Franke!"

Fast wöchentlich saß ich bei Frau Gleicher beim Arbeitsamt. Sie hatte viel Verständnis und war auch so sehr nett. Immer wenn sie etwas auf den Schreibtisch bekam, was interessant gewesen wäre für mich, rief sie mich an mit den Worten: "Ich hab` da vielleicht was für Sie." Zum damaligen Zeitpunkt war ich als Teilzeitkraft nicht vermittelbar, zumindest nicht in dieser Gegend. Ich wurde erneut umgeschult. Diesmal war es eine Katastrophe. Die Klasse bestand aus über 20 Teilnehmern und zum größten Teil aus Leuten, die mich wenig ansprachen. Viele hatten noch nicht einmal eine Berufsausbildung und wurden nun auf das Berufsleben vorbereitet. Für mich war es eine Art Beschäftigungstherapie. Was uns dort vermittelt wurde, war zum Teil Bestandteil der vorigen Maßnahme und mir bekannt. Es war äußerst langweilig und irgendwie auch kein bißchen ansprechend oder lustig. Es war verkrampft und teilweise primitiv. Meine Schulbanknachbarin war der absolute Griff daneben. Ihr IQ bewegte sich knapp unter der Raumtemperatur und ihre Motivation war dafür, daß sie eigentlich kaum Verstand hatte und sich ständig beklagte, daß sie keinen Job finde, ziemlich beschränkt. Sie nervte mich ständig mit Kleinigkeiten. , Sag mal, kannst Du mir deinen Apfel verkaufen?' oder , Sag mal, kannst Du mir einige Blätter verkaufen?'... Hysterisch war sie außerdem. Sie lachte unvermittelt los und war permanent unkonzentriert, ließ sich dann aber alles mehrfach von mir wiederholen. Irgendwann setzte ich mich von ihr weg. Dafür erntete ich von ihr im Vorbeigehen immer böse und billige Bemerkungen. Sie zischte diese zwischen ihren kaum vorhandenen Zähnen hervor, aber so ganz heimlich und im Anschluß ging sie, sich diebisch über sich freuend, mit erhobenem Haupt aus dem Klassenraum. Man muß erwähnen, daß sie 15 Jahre älter war als ich. Die Klasse war bunt gewürfelt. Viele Damen beklagten sich, mit dem Lernstoff nicht mitzukommen. Es war verständlich. Einige hätten meine Mutter sein können, dennoch entstanden dadurch Probleme und in den Pausen nicht enden wollende Diskussionen. Einige brachen die Maßnahme verzweifelt ab. In dieser Zeit war ich oft in D. . Ich sehnte mich nach anspruchsvollen Unterhaltungen und Erlebnissen. Ich kaufte mir massenhaft Literatur und las teilweise bis zu drei Bücher gleichzeitig. Veit verstand mich überhaupt nicht mehr. Er versuchte mich zu motivieren, indem er mir zusprach, daß ich durchhalten und mich weiter bewerben soll. Ich hatte keine Wahl. Brach ich den Kurs ab, ohne einen Arbeitsvertrag vorzuweisen, konnte es passieren, daß ich die Gebühren erstatten mußte. Ich schleppte mich förmlich in die Schule. Ich überlegte in diesen oft vertanen Stunden, was ich zu Hause alles schaffen könnte, denn mit dem, was ich da gelehrt bekam, arbeitete ich privat fast täglich. Meine Unzufriedenheit über mein Dasein wuchs von Tag zu Tag. Immer häufiger meldete ich mich krank, blieb zu Hause oder flog nach D. zu meinen Freundinnen. Nicht selten nahm ich Clara auf diesen Reisen mit, bis ich dann zusätzlich noch Ärger mit dem Kindergarten bekam, da ihr häufiges Fehlen ja einen freien Platz darstellte, der hätte anders vergeben werden können. Ich verstand dies, aber es war mir egal.

In dieser Zeit dachte ich mehr und mehr darüber nach, nach D. zurückzukehren. Dort war, als Besucher natürlich, alles so unbeschwert und leicht. Mir war alles so geläufig, so vertraut und was das Schönste war, ich mußte mich nicht verstellen. Alles, was mich jahrelang an der Mentalität dort so gestört und genervt hatte, erschien mir wie ein Geschenk. Ich war hin- und hergerissen, zwischen diesen zwei Welten, war ich doch noch so jung. Oftmals fehlte mir auch der familiäre Halt, die Nichtbeziehung zu meinen Eltern, die Weihnachtsfeste und Geburtstage - immer irgendwie allein. Wir waren immer irgendwie allein. Kurz vor meinem Flug nach D. rief meine damalige Freundin an und erwähnte, daß sie es leider nicht schaffe, mich vom Flugplatz abzuholen. Sie habe aber dafür gesorgt, daß ihr Chef, der in der Nähe vom Flugplatz wohne, mich abholen würde und anschließend bei ihr absetzen kann. Der Schlüssel läge unter der Fußmatte. Ich war etwas verärgert, denn Ines war von Haus aus unzuverlässig. Sie arbeitete als freie Mitarbeiterin bei einem großen Unternehmen, verdiente für damalige Ostverhältnisse enorm viel Geld, besuchte Seminare in ganz Deutschland und war ständig unterwegs. Sie fuhr einen schicken Firmenwagen, hatte eine große Wohnung, eine Tochter, die unglaublich gut ihren Weg ging und Ines hatte aufgrund ihrer Attraktivität immer die "dicken Fische" an der Angel. Raimund - der Chef - auch in den hatte sie sich unsterblich verliebt; sie schwärmte seit Anbeginn von diesem Prachtexemplar - nicht auch zuletzt aus dem Grund, daß er ein "Wessi" war. Schicke Anzüge, tolles Auftreten, Selbstsicherheit und Schönheit ausstrahlte - er imponierte ihr sehr. Ursprünglich habe er als Kommissar in M. gearbeitet, modelte nebenbei und war - nach ihren Aussagen - der ultimative Traum-Mann, der nicht einen Raum betritt , sondern erscheint. Ines war eine Träumerin, hatte grundsätzlich ein Gespür für die wirklichen Verlierer und tat sich schwer, Sein und Schein zu differenzieren. Irgendwann mußte sie wohl bemerkt haben, daß Raimund - der in Scheidung lebte, kinderlos - nicht wirklich interessiert war, sie aber aufgrund der ständigen Zusammenarbeit ein "freundschaftliches" Verhältnis ihm gegenüber entwickelte. In den Wochen zuvor stellte Ines mit sicherem Instinkt immer wieder fest, daß Raimund eigentlich hervorragend zu mir passen würde, als vielmehr zu ihr. Er schreibe Gedichte, könne unheimlich gut malen, wäre so tiefgründig und alles was er sage, wäre so, darauf schwor sie, als ob ich reden würde. Außerdem habe sie festgestellt, daß er immer von Frauen angezogen wird, die meinem Typ so ähnelten. - Sie gab mir also seine Telefonnummer, damit wir uns kurz absprechen können und vor allem am nächsten Morgen auf dem Flugplatz nicht aneinander vorbeiliefen. Sie gab mir noch den Rat, mich richtig toll zurechtzumachen, sie habe ihm auch schon so viel von mir vorgeschwärmt, sie möchte seine Spannung und Erwartung schließlich nicht enttäuschen. Ich sagte: "Ines, was soll das! Ich bin nicht auf der Suche nach einem Mann, sondern vielmehr nach einem Job. Ich will einfach nur ein paar Tage mal weg hier aus dem Trott." "Was ziehst du nun an morgen?" "Ines! Ich habe mir darüber noch keine Gedanken gemacht. Es ist doch im Grunde auch egal, oder?" "Wie hast du jetzt eigentlich die Haare? Weißt du, schau ihn dir erst mal an, dann reden wir weiter. Und ruf ihn an. Caro: Allein diese Stimme! Na ja, du wirst es ja gleich hören. Ruf mich zurück, wenn du ihn gesprochen hast." Man, was war mir das zu viel. Ich wollte lediglich rasch zu Ines, schlimm genug, daß ich schon gegen vier aufstehen mußte. Da bin ich sowieso den Tag über nicht zu gebrauchen, es sei denn, ich kann mich mittags was hinlegen. Ich zögerte eine ganze Weile und erzählte Veit von dem Gespräch und dem Hick-Hack mit dem Abholen. Er sagte darauf nur: "Laß bloß die Finger von dem". Ich erwiderte lächelnd:

"Veit, du kennst doch Ines. Wahrscheinlich lache ich mich tot, wenn ich den sehe. Echt! Keine Gefahr!" Danach telefonierte ich mit Raimund. Ein sachliches, nüchternes Gespräch, bei dem wir uns halbwegs beschrieben, Zeitpunkt usw. abhandelten, nichts Spektakuläres. Die Stimme völlig normal, er sprach Dialekt und konnte sich ein paar sarkastische Bemerkungen über Ines nicht verkneifen. Ich hatte ein schlechtes Gewissen, denn sein Zeitplan ließ es eigentlich nicht zu, da er genau bei meiner Ankunft seinen ersten Termin habe. Ich sagte ihm, er solle es lassen, ich komme dann mit Bus, Bahn oder Taxi zu Ines. Verkniffen meinte er, daß es schon okay sei und alles wie besprochen bliebe. Am nächsten Morgen Streß und Hektik. Der Flieger hatte natürlich auch noch eine halbe Stunde Verspätung. Danach Ankunft in D. Die Ankunftshalle brechend voll. Ohne Ende Geschäftsleute in langen Mänteln und Anzügen. Nach Erhalt meines Koffers begab ich mich nach außen und suchte in dem Wirrwarr diesen Adonis. Ich hatte ihn entdeckt. Ines hatte echt nicht übertrieben. Er stand da und lächelte mich an. Ich ging auf ihn zu und sagte: "Hi, ich bin Caro, ich glaube, Sie holen mich ab." Streckte ihm meine Hand entgegen. Er lächelte übers ganze Gesicht und sagte: "Sie, das würde ich normalerweise gerne tun, aber ich warte hier auf meinen Flug. Vielleicht könnten wir das beim nächsten Mal arrangieren?" "Oh, wie peinlich, da sind Sie der Falsche!" "Das würde ich nicht unbedingt so sehen." Er hatte sichtlich Spaß. Ich verabschiedete mich und suchte weiter, hielt mich vorsichtshalber mit verbalen Angriffen zurück. Die Halle war fast leer, als ein Mann *(den ich mit Sicherheit nie angesprochen hätte)* auf mich zukam und nach meinem Namen fragte. Nun gut, es war Raimund. Er war hektisch und befahl mir, mich schnell zum Auto zu begeben, da durch die Verspätung nun ohnehin auch noch die Straßen dicht seien und er seine Termine vergessen könne. Ich fühlte mich so schuldig. Die Fahrt war sehr ruhig, er war genervt, denn die Straßen waren tatsächlich verstopft. Es ging nichts vor und nichts zurück. Wir haben fast zwei Stunden benötigt. Ich war müde, mir war schlecht vor Hunger und ich haßte Ines, für ihre Lügen und ihre Schwärmereien. Endlich bei Ines angekommen, zerrte ich meinen Koffer aus dem Auto und bedankte mich. Raimund war nun etwas entspannter und wollte den Koffer unbedingt nach oben tragen mit der Bemerkung: "Hoffentlich ist DIE jetzt da, bei ihr weiß man nie!" Ich sagte, daß sie auf keinen Fall da sei, aber ich wisse, wo der Schlüssel liege. Oben angekommen bedankte ich mich wieder tausendfach und hob dabei den Abtreter, aber kein Schlüssel drunter! Nun wurde Raimund laut und schimpfte auf bayrisch los. Wir klingelten ununterbrochen. Es war kein Schild an der Tür und ich fragte ihn, ob er sicher sei, daß dies überhaupt die richtige Tür ist. Ich sah mich schon in Handschellen und wegen Hausfriedensbruch angeklagt. Er war nun völlig wütend, er wurde noch wütender, als ich versuchte, die Sache mit Humor zu betrachten. Es brachte nichts, gegen verschlossene Türen zu hämmern, also gingen wir wieder in den Wagen und warteten. Ich bot ihm an, zu fahren, er wies es ab. Er fuhr zur Telefonzelle und sagte seine Termine ab. Anschließend lud er mich zum Kaffee ein. Wir verbrachten den halben Tag miteinander. Er war entgegen allen anfänglichen Zweifeln wirklich ein Typ, ein richtiger Mann irgendwie, und ich stimmte, wenn auch unterbewußt, Ines′ mehr und mehr zu. Gegen Mittag erreichten wir dann Ines endlich daheim. Raimund setzte mich ab und ich versprach, mich zu revanchieren.

Natürlich war ich giftig. Noch giftiger wurde ich, als ich bei Ines ins Wohnzimmer trat und einige Freundinnen bei

Wein und Kaffee und Zigaretten wie zufällig auf mich warteten. Wir hatten uns fast zwei Jahre nicht gesehen, ich wollte nach der Zeit einfach erst mal unsere alte Freundschaft wieder aufleben lassen - ganz gemütlich - nur wir beide. Es war eine seltsame Atmosphäre, ich fühlte mich nicht wohl. Irgendwie war *ich* gar nicht wichtig. Ständig klingelte das Telefon, endloses Gekicher, lange Gespräche und *Caro* wartend in der Küche, übermüdet und völlig am Ende. Anschließend wurde ich gelöchert über die Eindrükke und den Vormittag mit Raimund. Ich ließ den Blick schweifen und stellte fest, daß Ines und ich uns absolut verändert haben. Alles schien so konfus, so überladen, so orientierungslos, ganz zu schweigen von ihren Kumpaninnen, die sich so nach und nach, relativ angesäuselt verabschiedeten. Ines öffnete eine Flasche Wein nach der anderen, sie war in Hochform. Ich schlug ihr vor, Raimund als Gegenleistung zum Essen einzuladen . Sie meinte, daß es finanziell nicht so gut aussehe. Ich sagte ihr, daß ich gerne kochen wolle. Sie fing hysterisch an zu lachen und zerrte mich in die Küche. Sie öffnete die Schränke - die waren leer - fast. Ihre Tochter Maria kam vom Spielen und nahm mich in die Arme. Sie wirkte so vernünftig, ob ihrer gerade acht Jahre. Sie sagte: "Och Mama, laß doch die Caro was kochen, ich kauf auch ein, wenn ihr was braucht." Ines reagierte überschwenglich: "Maria, mein Schätzel, du tust ja gerade so, als ob du verhungerst, ja sag mal der Caro, wie arm wir dran sind. Manchmal essen wir nur das Hasenfutter, hahahaha." Ines knutschte ihre Tochter fast zu Boden und ihr liefen die Tränen vor lachen. Dennoch ging Ines einkaufen, von meinem Geld, ich schrieb ihr die Zutaten auf und sie verschwand. Ich nahm mir Maria auf den Schoß. Sie war verschlossen, aber lieb. Zwischendurch klingelte ununterbrochen das Telefon. Maria sagte, daß es immer Wolfgang sei, Mamas Ex-Freund, wegen dem sei oft die Polizei da, weil er nachts immer vor der Tür Terror mache. Wolfgang ist 20 Jahre älter und hat Ines damals finanziell getragen, bis er sich selber verschuldet hat. Ich fragte Maria, ob das hier ständig so eine Hektik sei. Darauf nickte sie und sagte traurig: "Immer!" Als Ines vom Einkaufen zurückkam, bat ich sie, Raimund anzurufen und ihn zu fragen, ob er zum Essen kommen wolle. Sie kochte sich einen Kaffee, der jeden Elefanten zur Strecke gebracht hätte und *"zwang"* mich, daß ich ihn anrufen soll. Ich fand das albern, tat es dann doch--- "Caro, stell laut, ich will mithören" ---; er sagte schließlich zu und Maria freute sich. Sie erzählte, daß Raimund oft lange mit ihr malen würde und er könne gut kochen. Er wäre öfter da und unternehme mit ihnen viel. Ines hingegen führte mir ihre komplette Garderobe vor, zeigte ihre Parfümkollektion und redetet unentwegt von tollen Männern und ihren diversen sexuellen Erlebnissen. Zwischendurch trank sie ein Glas Wein nach dem anderen. Wir lachten viel, auch über alte Zeiten, aber es war anders als sonst.

Am Abend kam Raimund und ich ertappte mich dabei, ihn im Gespräch und seinem Umgang mit Ines zu beobachten. Für mich war der Fall klar: Beide mochten sich, aber keiner gab es zu und so tänzelte man um sich herum, ohne die Katze aus dem Sack zu lassen, zumal Ines mir noch von einem One-Night-Stand mit ihm berichtete, der aber ganz komisch gewesen wäre. Ich fühlte mich so deplaziert - so "nicht-zu-Hause-zu-sein", weil Ines mir auch noch sagte, daß sie sich noch nicht so sicher sei, wie wir das mit dem Schlafen machen, aber da würden wir schon eine Lösung finden. Noch beim Essen klingelte es wieder an der Tür. Irgendeine Bekannte war *zufällig* in der Gegend. Ines stellte uns gegenseitig vor: "Du weißt schon, DIE Caro, die in den Westen damals so spektakulär geflohen ist, ich habe dir doch schon so viel über sie erzählt...!" Und ehe wir uns versahen, war Ines mit ihr und der Flasche Wein im Wohnzimmer verschwunden. Ich fing an zu weinen. Ich sagte, daß ich es nicht aushalte hier, eine ganze Woche, ich bemitleidete mich und hatte Veits Worte im Ohr: `Glaubst du wirklich, daß es gut ist, eine ganze Woche bei DER! Die kriegt doch nix auf die Reihe! Daß du dich nicht nachher ärgerst, schade um den teuren Flug!` Veit hatte wie immer recht. Ich hatte sie verteidigt, hatte geglaubt, daß eine positive Wandlung in ihr vorging, schließlich war sie einst meine beste Freundin! Ich überlegte, bei wem ich mich einquartieren konnte. Nach der Wende sind viele Kontakte zerbrochen, aufgrund persönlicher Veränderungen, Umzüge, Arbeitslosigkeit, Trennungen. Viele blieben da nicht übrig. Meine gute Freundin Lisa war leider zur Zeit in Urlaub, mein Flug aber schon gebucht, ich wollte sie überraschen. Zur Not konnte ich am nächsten Tag mit dem Zug zurückfahren. Maria weinte nun auch, schlang ihre Arme um mich und bettelte: "Caro, bleib bitte, bitte hier, ich rede mit Mama!" Raimund saß schweigend da uns schaute mich an. Seine großen blau-grünen Augen, seine markanten Gesichtszüge, sein voller Mund! Plötzlich fiel mir das alles auf, wahrscheinlich wegen meiner Müdigkeit und der Erschöpfung. "Was hast du heute Abend noch vor?" fragte er. Ich sagte: "Ist das ein Witz? Wonach sieht´s denn aus?" "Gehst du mit mir einen Kaffee trinken? In der Altstadt sind ganz tolle neue Bistros entstanden. Ich könnte Dir zeigen, was sich in den letzten vier Jahren hier getan hat." Er schaute unverändert. "Du, eigentlich bin ich völlig kaputt, ich habe nur drei Stunden geschlafen heute Nacht." Zögern. "Na gut, okay, ich komme mit. Gern, denn hier komme ich auch nicht weiter." Laut lachend und sichtlich betrunken

taumelte Ines in den Raum: "Na ihhhhhhhhhhr? Ich störe doch wohl nicht oder???? Wenn ich gerade störe, sagts
mir nur, dann bin ich gleich wieder weg!!" Sie lachte vielsagend. "Mama, die Caro will wieder nach Hause fahren! Ich
habe sie schon gebettelt, aber sie will nicht bleiben." Wieder fing Maria an zu weinen. "Ach soooooooooo? Wieso
denn das???" Sie stolperte auf mich zu und säuselte: "Caro,
hassste mal ne Sigareddde für mich, kriegst´ de dann
gleisch wieeeder!"

Raimund stand auf, räumte die Teller weg und sagte:
"Ines, ich glaube es ist besser, wenn Maria ins Bett geht.
Caro und ich fahren noch bißchen in die Stadt. Wie macht
ihr das mit dem Schlüssel?" "Ahaaaaaaaa! So so. In die
Stadt??! Fahrt ruhig ihr zwei. Laß dir ruhig Szeit, Caro, is
völlig egal, wann du wieddderkommmmst. Ja, der Schlüssel
- ach, klingel einfach, ich mach dir auf, Maria is´ ja auch
noch da. Mal sehen, vielleicht gehe ich eh gleich noch
weg." Raimund holte die Mäntel und sagte zu Ines beiläufig, daß es besser auch für sie sei, ins Bett zu gehen, damit
sie morgen dann endlich ihre Termine einhalten könne,
denn er könne das nicht mehr lange so durchziehen, für sie
die Aufträge zu schreiben. Er habe noch andere Pflichten
und sein Aufgabenfeld sei nicht extern sonder intern. Ines´
Gesichtsausdruck wurde sanft und sie strahlte ihn an, wie
ein Kind, was man eben beim Unfugmachen erwischt hatte
und wimmerte: "Ich weiß es. Ich verspreche Dir,
wüüüürklisch, ganz ganz echt, Raimund, ich bessere mich!"
"Ja, ja, schon gut, ich sag's auch nur noch einmal." So lief
das also: Er schreibt die Aufträge beim Kunden und Ines
kassiert die Provision. Wenn das keine Liebe ist, dann weiß
ich es auch nicht. Ich war sprachlos! Sie hatte, nach meinem Eindruck, nichts geleistet, lebt ein völlig zerstreutes
Leben mit Männern, die ihr hinterherrennen, sie finanzie-

ren und aushalten. Fassungslos war ich, denn diese Männer waren keine Dummen, sie waren in guten Positionen und hatten Intellekt und Charisma. Sie tat nichts, lächelte nur einmal, sah ihnen tief in die Augen und schon ließ sie die Männer tanzen! So verschwommen kann selbst beim hochgradig testosterongesteuerten Mann der Blick nicht sein, um zu erkennen, das dies hier ein Art Prostitution ist. Raimunds positives Bild sank minütlich. Ich bin wirklich nicht prüde, im Gegenteil, habe auch meine Geheimnisse und ein Mann macht mir schon lange nichts mehr vor. Ich habe meine Chancen und meine Verehrer, aber auch meine Ansprüche und Erwartungen und nach wie vor das Idealbild, daß *meine* Ansprüche hoch sein dürfen, da ich auch was zu entgegnen habe. Tiefgründigkeit und Intelligenz *natürlich*, gepaart mit Ehrlichkeit und Humor und soliden Grundeinstellungen dem Leben gegenüber. Ich hatte gehofft, daß bestimmte Männer mit Frauen wie Ines nur kurzzeitig und bedingt was anfangen können. Daß sie auf sie abfahren und alles aufgeben für dieses Wirrspiel, zerstörte kurzfristig mein Weltbild. Im Auto nahm ich mir vor, distanziert zu sein. Ich wollte mich mit allen Mitteln unterscheiden und ihm somit zeigen, wie armselig er ist. Ich war so tief verletzt und enttäuscht von meiner einstigen Freundin, hatte ich doch gehofft, diese Woche das zu finden, was ich im "Westen" vermißte. Wo sind unsere alten Zeiten??? Ich wußte es nicht. Sind mit dem Fall der Mauer unsere Mauern gewachsen? Können Himmelsrichtungen verantwortlich sein, für derartige Veränderungen? Oder hatte ich mich vielleicht so verändert? Im Zentrum angekommen, gingen wir ins Cafe. Es war sehr kalt in D.. Natürlich hatte ich die unpassende Kleidung eingepackt und fror. Beim Kaffee bin ich fast eingeschlafen. Die wohlige Wärme und der Rauch in diesem Bistro gaben mir den

Rest. Raimund stellte fest, daß ich auf einmal anders wäre. Wir redeten, stundenlang. Ich erzählte von meinem Leben, darauf bedacht, zu unterstreichen, wie wertvoll es ist - und wie anders. Ich wollte ihm unbedingt imponieren, ohne dabei zu lügen. Unverhohlen schilderte ich meinen Eindruck und meine Empfindungen Ines betreffend mit der Mutmaßung, daß er sie eigentlich liebe, denn wie sonst wolle er mir glaubhaft seine Aktivitäten für sie rechtfertigen. Er sagte, daß er dies nur tue, weil ihm das Kind leid täte, daß Ines im Grunde nichts geregelt bekäme, ihre anhaltenden Männergeschichten und ihr konfuses Leben. Ihren Hang zum Alkohol. Ich sagte ihm, daß sie früher schon - noch in der Schule - auf Parties immerzu getrunken habe, aber wer macht sich mit 15 Jahren schon darüber Gedanken. Er berichtete, daß er, als er nach D. gekommen sei, Ines einstellte und sie beim Kunden gut ankäme, daß ihr aber der Schliff fehle und der Ehrgeiz. Er fühle sich für seine Mitarbeiter verantwortlich und könne nicht zulassen, wie sie verkomme. *Wie selbstlos!* Er fragte mich, was wir nun noch machen wollen und meinte, daß ich müde aussehe. Er schlug vor, ins Kino zu gehen. Spätvorstellung: Kolumbus. Fast 3 Stunden! Ich sagte ihm, daß die Chance, bei Ines in die Wohnung zu kommen, dann gleich null sei, willigte dennoch ein. Er stand auf, um zum WC zu gehen und ich betrachtete mir diesen Mann mit meinen müden Augen. Er ist fast zwei Meter groß und durch seinen damaligen Job absolut durchtrainiert. Mein Gott, dieser Hintern! Diese Schenkel! Mir wurde noch schwummriger. Sein Geruch, dieses After Shave! Im Kino konnte ich die Augen kaum offenhalten. Ständig schlief ich ein. Ich lehnte mich an seine Schulter, er bewegte sich nicht. Später sagte er mir, daß er es sich nicht traute, aus Angst, ich könnte meinen Kopf erschrocken von seiner Schulter nehmen. Mitten in der

Nacht fuhren wir zur Wohnung von Ines. Ich wollte nichts unversucht lassen, ans Telefon ging sie jedenfalls nicht. Es war bereits Samstag. Ich klingelte zögerlich, dann mehrmals fordernd, schließlich hatte sie es mir vorgeschlagen. Nichts! Eine weitere halbe Stunde verging. Raimund sagte: "Ich weiß es klingt blöd, aber du könntest bei mir schlafen, es ist zwar schweinekalt, ich habe natürlich keine Kohlen bestellt, da ich erst seit 7 Monaten in der Wohnung lebe und am Wochenende regelmäßig nach Hause fahre und unter der Woche bin ich fast immer außer Haus." Ich wußte, ich überschreite eben eine innere Grenze, ich wußte, wenn ich mich auf diese Einladung gezwungenermaßen einließe, wird sich alles ändern. Wie im Film lief die Konsequenz dieser Begegnung vor mir ab. Ich dachte an Veit. Ich dachte an Clara. Ich sah Raimund und sagte: "Okay, ich weiß nicht, *wer* du bist und ich weiß nicht, was du mit mir anstellen willst. Fahr los! Habe ich denn eine Wahl im Moment?" Wortlos startete er seinen Wagen. Zwischendurch gab er mir immer wieder die Entfernung und die Minuten bis zum Ziel seiner Wohnung bekannt und überließ mir es, umzudrehen, wenn ich es will.

Seine Wohnung war wirklich eisig. Spartanisch eingerichtet und übersichtlich. Er überzog kurz sein Bett für mich und gab mir ein T-Shirt, zeigte mir das Badezimmer mit fließend eiskaltem Wasser. Er richtete sich seinen Schlafplatz im kleinen Wohnraum ein, auf dem Boden und einen Bettbezug als Zudecke. Er sagte noch, es könne sein, daß es gleich ziemlich laut unter mir werden wird, da unter uns die Backstube der im Haus befindlichen Bäckerei sei. Er ließ die Türe angelehnt und schon bald hörte ich ihn nebenan leicht schnarchen. Ich wälzte mich hin und her, es wurde laut und es war kalt. Ich fror. Ich ging ins Bad und duschte meine Beine eiskalt ab, aber die Erwärmung danach blieb aus. Ich schlich in sein Zimmer und betrachtete ihn im hereinfallenden Straßenlaternenlicht. Er war bildschön. Ich sah seine kräftigen Oberarme, seine filigranen Hände. Noch vor Wochen schwärmte ich mit einer Freundin über einen Schauspieler, der ihm ähnelte. Einmal solch einen Mann kennen - und nun lag er hier vor mir, so vertraut, so nah, so beängstigend nah. Beim Hinausgehen knarrte leicht der Dielenboden und Raimund räusperte sich. Er schaute hoch und sagte: "Ja?" Wieder fühlte ich mich peinlich berührt, dennoch hörte ich mich sagen: "Mir ist saukalt und schlafen kann ich auch nicht." Ich ging zurück zu "meinem" Bett und legte mich hinein. Sekunden später stand Raimund in der Tür, seine Decke im Arm und legte sich wortlos dazu. Ich zitterte bereits vor Kälte, dies wurde nun verstärkt. Vor Aufregung. Im Zwiegespräch mit meinem Gewissen, im Streitgespräch mit meinem Stolz, in Verwirrung mit meinen Gefühlen versuchte ich, so lässig wie möglich zu sagen: "Hör her! Nur weil wir hier zufällig in einem Bett liegen und uns seit 5 Stunden duzen, heißt das noch lange nicht, daß wir hier gleich Brüderschaft schlafen." Ich schaute ihn seitlich an. Er drehte sich mit dem Kopf zu mir herum und blickte mich an, wie am Nachmittag bei Ines am Tisch, als er mich zum Kaffee einlud. Völlig ruhig, beinah tonlos erwiderte er: "Das will ich auch nicht!" Natürlich nicht! So! Er will es auch nicht. Wie schön. Dann ist ja alles bestens. Klar. Ich bin ja auch nicht Ines! Wieso will er das nicht? Anstatt mich über unser Übereinkommen zu freuen, nagte in mir der Ehrgeiz. Selbstzweifel kamen auf. Der Spinner! Glaubt doch wohl nicht, daß er mich haben könnte, selbst wenn er es wollte. Er ist mir sowieso zu schön! "Fein!" sagte ich und beide drehten wir uns auf die jeweils andere Seite. "Gute Nacht, Caro!" "Schlaf gut, Raimund!... Und danke für alles." Unter uns brummten die Apparate in der Backstube, es wurde gepfiffen und es war einfach nur laut - zu laut, in dieser Situation. Ich konnte einfach keine Ruhe finden und dachte an Veit. Unsere sexuellen Aktivitäten waren über all die Jahre sehr schön, die Qualität stimmte und die Quantität auch. Ich hatte nichts zu entbehren, noch jemanden anderes deshalb zu begehren. Ich hörte mich schon stolz berichten, eines Tages, irgendwann mal, was ich hätte haben können und vor allem wen, und wie leicht ich dem widerstehen konnte - unserer Ehe - unserer Liebe wegen. Ich wähnte mich in Sicherheit, daß Raimund bereits wieder schlief und drehte mich ihm zu. Unsere Gesichter lagen nun einander zugewandt. Ich spürte seinen flachen Atem. Ich hielt die Augen geschlossen. Ich hatte Angst, ihn anzuschauen. Als ich es dennoch tat, sah ich direkt in seine Augen hinein. Er war noch wach. Oh Gott, oh je, wie komm ich jetzt aus dieser Nummer raus? Keiner bewegte sich, keiner sagte etwas. Vor Schreck mußte ich auf Toilette. Jetzt? Jetzt! Keine Chance! Ich bewegte mich nicht. Der Druck auf der Blase verstärkte sich, wenn ich bewußt an meine kalten Füße dachte. Wieder fing ich an zu zittern. "Was schaust du mich so an?" flüsterte er beinah zärtlich. Ja, gute Frage. So richtig fiel mir auch nichts ein deshalb sagte ich: "Ich guck', daß keiner guckt!" Ohne seinen Tonfall zu verändern fuhr er fort: "Du hast einen traumhaften Mund." Ah ja. Da ist es wieder, das Standardprogramm der männlichen Verführungskunst. Statt zu reagieren, laut zu lachen, ihn auszulachen, aufgrund seines erbärmlichen Versuches, mich anzubaggern sagte ich : "Ich weiß!" Meine Blase meldete sich wieder und nun zitterte ich schon aus vier Gründen: Nach wie vor die Kälte, die Aufregung, die Erregung, die Angst! Lasziv stützte ich meinen Kopf auf die Hand und redete mich soeben um Kopf und Kragen: "Tja, du, dieser traumhafte Mund kann nicht nur gut reden..." Er lag da, wie mit der Matratze verwachsen, ohne Regung und ohne Ausdruck, sein Gesicht bestand nur aus diesen riesigen Augen. "Das denke ich mir." Sagte der zum Gesicht gehörende Mund. Automatisch rückten wir näher. "Ist dir noch immer kalt?" fragte der Mund. "Im Moment gerade nicht." log ich. Er legte seinen Arm um mich und zog mich an sich. Wenn ich nicht schon gelegen hätte, wäre ich spätestens jetzt umgefallen. Diese Arme! Manch einer wäre froh gewesen, solche Oberschenkel zu besitzen. Wir blickten uns tief in die Augen. Ich hatte schon beinahe Sehstörungen, es war eindeutig zu nah! Und viel zu dunkel. Ich dachte darüber nach, die Weihnachtsbeleuchtung, die um sein Futon gelegt war, anzuknipsen, wegen der Romantik - und der Kälte natürlich. Dazu hätte ich aufstehen müssen. Ich überlegte im Sekundentakt, was ich wohl für eine Figur abliefere, wenn ich jetzt aufstehen würde. In Gedanken untersuchte ich meinen Körper. Rasiert? Ja. Reizfaktor Unterwäsche? Ok.! Frisur ?? Ich blieb besser liegen. Er streichelte meinen Rücken - unterm T-Shirt! Das Schwein! Mein Gott, das liebe Schwein. Unsere Lippen berührten sich. Kurz. Wieder weg. Wieder kurz. Wir küßten uns. Anfangs ziemlich neutral und relativ anständig. Ein seriöser Küsser also! Die Intensität verstärkte sich von Sekunde zu Sekunde. Alles drehte sich um mich herum. Gleich holt er dir die Mandeln raus, schoß es mir durch den Kopf. Und wenn? Ich hatte eh' immer Probleme damit. Wir waren enthemmt, rollten uns auf dem Bett und küßten uns um den Verstand. Stundenlang. Wir berührten uns und küßten uns. Rollten wieder die Matratze hoch und runter und waren froh, daß nun endlich von der Backstube ein wenig Wärme nach oben zog. Es duftete nach frischen Brötchen und nach unendlicher Sünde. Es passierte nichts, außer der

Knutscherei. Es hätte nichts verschönert, nichts gekrönt, nichts vergoldet. Es war traumhaft, wie es war. Natürlich schliefen wir nicht. Wir redeten und lachten. Zwischendurch das Rollmanöver im Bett. "Du fühlst dich so gut an." Sagte er immer wieder. "Weißt Du, was mir am Besten an dir gefällt?" Ich dachte, wenn er jetzt sagt, daß er gut mit mir reden könne, geh ich runter zum Bäcker und hole mir das große Brotmesser. "Es sind deine Augen. Du hast diesen Blick, versteh das nicht falsch, wie Silvester Stallone. Er ist so hypnotisch dieser Blick." Angst kroch direkt in mir hoch. Der steht doch nicht auf Männer und denkt, während er mich küßt, an Stallone? Fragen über Fragen. Irgendwann schliefen wir ein, nicht lange. Die Rollos waren unten, es war dunkel, obwohl es mindestens schon Nachmittag gewesen sein muß. Wir blieben liegen. Den ganzen Tag, die kommende Nacht.

Irgendwann klingelte es an der Tür. Raimund sprang halbnackt aus dem Bett und öffnete. Eine dieser Bekannten von Ines stand vor der Tür mit meinem halb geschlossenen Koffer. Sie schmiß ihn direkt vor Raimunds Füße, so daß meine Sachen herausfielen und sagte: "Viele Grüße von Ines an deine neue Schlampe." *(Für diesen Vorfall entschuldigte sich Ines nie direkt. Sie suchte immer wieder den Kontakt. Ich habe ihr sehr viel geholfen in den folgenden Jahren, hatte ihr Problem erkannt, bis es für mich irgendwann sinnlos wurde und ich meine Telefonnummer änderte. Jahre später habe ich erfahren, daß Ines auch im Westen lebte und dort völlig abgestürzt ist. Mehrere Therapien und Alkoholentzüge hatte sie erfolglos hinter sich.)*

Diese Tage in D. brachten mein ganzes Leben durcheinander. Obgleich Raimund und ich uns so nah waren, hatten wir keinen Sex im eigentlichen Sinne. Wir verbrachten jede Minute zusammen, die uns in D. blieb. Er sagte, daß er es satt habe, dieses Hin- und Herfahren an den Wochenenden, daß es eigentlich finanziell auch nicht machbar sei, sein Haus in W. und die Wohnung in D.. Dazu die ständigen Seminare, das Leben aus dem Koffer. Er brachte mich zum Flieger. Wir hatten noch viel Zeit. Wir redeten nicht viel. Wir starrten uns unentwegt an. Keiner wagte das auszusprechen, was brennend auf der Seele lag: *Wie sollte es weitergehen?* Mein Gott, in weniger als einer Stunde wird Veit am Flugplatz mit Clara auf mich warten. Ich hatte keine Ahnung, wie ich ihnen gegenübertreten soll. Es war mir so egal - im Moment - es war doch noch so viel Zeit bis dahin...! Raimund trank seinen Kaffee, ich rauchte und sah in seine wunderschönen Augen. Er lächelte still. Die Durchsage des Bordpersonals und der Aufruf zum Check-In durchbrachen unser Schweigen. Wortlos brachte Raimund mich zum Schalter. Nachdem ich meinen Koffer abgegeben hatte standen wir uns gegenüber. Ich hätte schreien können. Innige Umarmung, guter Flug und ein `laß es dir gutgehen`, danach der Weg zum einchecken. Ich lief langsam, wie betäubt. Kurz davor drehte ich um, rannte zurück und fiel ihm in die Arme. Das Bordpersonal verfolgte diese Szene - mitleidig irgendwie. Wir küßten uns und klammerten uns aneinander wie Ertrinkende. Ich lächelte halbwegs und sagte: "Ich wollte einfach deinen schönen Hintern noch mal anfassen." Er nahm meine Hände und führte sie unter seinen Mantel an seinen Po. Wir mußten lachen, als wir sahen, daß das Personal nun grinsend und vielsagend wegschaute. "Was wird denn nun mit uns?" Endlich sprach ich das aus, was mir die größte Hürde schien. "Wir telefonieren." Diese zwei Worte hätte ich bei jedem anderen niemals ernst genommen, ihm glaubte ich. "Weißt du, mag sein, daß dir das, was in den letzten Tagen zwischen uns war, schon tausendfach passiert ist, aber ich schwöre dir, ich bin das Beste, was dir jemals hätte passieren können!"

Mit diesen Worten wandte ich mich um und ging und schaute nicht mehr zurück.

Veit und Clara empfingen mich mit Rosen. Veit berichtete von seinem Alltag. Er machte ein bedenkliches Gesicht und sagte: "Ich sage es dir lieber gleich. Du hast drei Absagen von deinen Bewerbungsgesprächen." "Mir egal." Ich war außerstande mit Veit ein Gespräch zu führen. Abends fragte er: "Was ist denn los mit dir? Der Typ, der dich vom Flieger abgeholt hat, oder ?" Ich war sprachlos. Am selben Abend redeten wir noch ewig, ich erzählte ihm alles, nicht ganz detailgetreu, aber sehr realitätsnah. "Und, was willst du jetzt machen???" Ich wußte es nicht. Eine sofortige räumliche Trennung kam nicht in Frage. Es wäre unser finanzielles Aus gewesen. War dies überhaupt nötig? Ich habe der Ehrlichkeit halber die Karten auf den Tisch gelegt, mir des enormen Risikos überhaupt nicht bewußt. Ich fühlte mich so unverletzbar, so unantastbar, so stark. Ich war so besessen von dem Gedanken, die Sache mit Raimund fortbestehen zu lassen, ich dachte nicht einmal darüber nach, daß die Liebe zu Veit und die gemeinsamen Jahre vielleicht der Auslöser sein könnten, die Affäre - und mehr war es ja vorerst nicht, wenn überhaupt -, mit Raimund zu beenden. Es war absurd. Ich wußte damals schon, daß *er* das Beste war, was mir je hätte passieren können. Zum damaligen Zeitpunkt zumindest. Wir beschlossen, unser bisheriges Leben so gut oder schlecht weiter zu leben, mit einer gewissen Distanz. Süchtig nach seiner Stimme, seinen Worten und seinem Körper, wartete ich auf Raimunds Anruf, der allerdings ausblieb. Ich fragte mich, ob es angemessen sei, ihn direkt anzurufen, tröstete mich aber damit, daß es normal ist, anzurufen und zu sagen, daß ich gut angekommen bin. Es klingelte ewig. "Raimund Brauer" unverzüglich begann ich: "Ja hi, ich bin es

Caro. Wollte nur sagen, daß ich gut gelandet bin." "Das ist schön." Schweigen! "Störe ich dich gerade?" "Nein, ist schon ok. Ich hatte mich hingelegt, hatte ja auch Nachholbedarf. Es war übrigens komisch. Das Bett war noch warm irgendwie und es roch nach deinem Parfüm." Das ging runter wie Öl. "Ich habe mit Veit geredet. Denkst Du, wir sehen uns mal wieder?" "Du weißt ja, daß das nicht ganz einfach ist. Bin ich in D., sind es für dich fast 700 km. Bin ich in W., sind es für mich einmal 500 km von D. nach W. Wenn ich dann auch noch hoch zu euch will, sind es noch mal 400 km und ehrlich, ich kann keine Hotels mehr sehen." Er klang komisch. "Ist irgendwas?" fragte ich. "Deine Stimme klingt so anders!" "Vielleicht kommt es vom Schlafen. Ich habe mir außerdem vorhin eine Flasche Wein gekauft und sie ausgetrunken." Sagte er. "Nein, das ist es nicht. Weinst Du??" Keine Antwort. "Nee! Mir ist kalt, du weißt ja, wie lauschig es hier ist." "Bist du etwa nackt??" fragte ich mit belegter Stimme. "Na nicht ganz." Kam es leiser zurück. "Ich habe das T-Shirt an, was du die letzten Nächte getragen hast."

Zwischen Himmel und Hölle

Das war nun mein selbstgewähltes "Glück"! Die Schule hatte ich aufgegeben, da ich im Außendienst eine Stelle bei einem großen Konzern angenommen hatte. Es war der reine Streß. Den ganzen Vormittag in der Firma, Terminlegung am Telefon. Mittags zurück, Clara aus der Schule holen, Essen kochen, Hausaufgaben, zwei mal in der Woche Ballettunterricht für sie. Gegen Nachmittag, wenn Veit von der Arbeit kam, ab ins Auto und bis spät am Abend Kundenbesuche. Anschließend Treffpunkt der Mitarbeiter in einer kleinen Kneipe und Auswertung der Kundengespräche und Abschlüsse. Vor elf war ich abends nicht daheim. Lange Gespräche am Telefon, oft bis in die Morgenstunden, mit Raimund. Wunderschön und anstrengend zugleich. Drei bis vier Stunden Schlaf und dann das ganze Programm von vorn. So lief das Monate. Mit den Wochen merkte ich, daß Raimund ein absoluter Grenzgänger war. Er unterlag extremen Stimmungsschwankungen. Er fiel in derartige Löcher, die mir unbegreiflich erschienen. Seine Stimmung konnte sich innerhalb eines Telefonates mehrfach ändern. Er zweifelte dann von einer Minute zur anderen an allem, am Leben, an sich, an uns. Meistens fing er an - einfach so - zu weinen. Ich war dann meist so hilflos, hätte ich ihm doch so gerne meinen Trost, meine Kraft und Energie gegeben, ihn in die Arme genommen, ich hätte all seine Zweifel weggeküßt. Ich sagte ihm, daß es Zeit wird, daß wir uns mal wieder sehen, dann wäre alles nur noch halb so schlimm. Wir schoben diesen Zustand auf die Entfernung. Auch seine zahlreichen bezaubernden Briefe ersetzten nicht die Wärme und den Körper. Diese Zeilen waren so hinreißend, seine Gedichte, die Bilder, die in meinem Kopf entstanden, wenn ich diese las. Viel später erst fiel mir auf, daß ich beim Lesen seiner Briefe immer nur geweint habe. Er begeisterte mich mit seiner Kreativität.

Kurz vor Claras Schuleinführung rannte ich mir fast die Beine vom Po, um für sie ein niedliches Kleidchen zu erstehen. Ich hatte meine Vorstellungen, aber es war nichts zu machen. Ich bat Raimund, bei sich zu schauen. Brav ging er zwischen den Terminen in Kinderbekleidungsgeschäfte. Wenn ihm etwas gefiel, ließ er es zurückhängen, setzte sich abends hin und zeichnete mit Acrylfarben jenes Modell und schickte mir es. Er war so begabt, es war ganz leicht, sich aufgrund dieser Vorlage zu entscheiden.

Vier Monate später erst sahen wir uns dann wieder. Wir trafen uns im Bergischen Land, die Strecke praktisch geteilt, für jeden der gleiche Weg. Ich hatte enorme Gewissensbisse, als ich mich auf den Weg machte und Veit oben am Fenster mir hinterherschauen sah. Irgendwie hatte er gehofft, daß diese Telefonbeziehung sich irgendwann verläuft. Es tat mir so unendlich leid, aber ich konnte nicht anders. Wie ferngesteuert bewegte ich mich in Richtung des Treffpunktes. Es war ein schönes Wochenende, wir unternahmen viel, lagen lange im Hotelzimmer. Wir verschlangen uns beinah - alles wieder ohne eigentlich miteinander zu schlafen. Uns wurde in den wenigen Stunden bewußt, wie grenzenlos unterschiedlich wir waren. Besuchten wir ein Restaurant, standen am Eingang und überlegten uns, welchen Tisch wir wohl nehmen wollen, sagten wir gleichzeitig : `Laß uns doch da hinsetzen` und jeder deutete in eine andere Richtung. Eigentlich klingelten sämtliche Alarmglocken in mir, ich habe sie nicht gehört, laut genug waren sie. Oft amüsierte er sich über die "Ossis", seine

Kundentermine, lachte über die Mentalität und die Wohnungseinrichtungen und die banale Art und Weise des Lebensstils. Ich bemerkte, daß ich mich immer, wenngleich ich mich davon unterschied, mit angesprochen und eigenartig verletzt fühlte. Dann provozierte ich einen Streit, versuchte ihn mit seinen eigenen Waffen zu schlagen, auf subtile Weise, indem ich Beispiele von vermeintlichen "Wessis" brachte, diese aber verpackt in diplomatische Worthüllen, die sein Leben und seinen Alltag widerspiegelten. Ich hielt ihm seinen Spiegel vor´s Gesicht. Er war schlau genug, dies sofort zu erkennen. Das vergiftete die Atmosphäre und wir schwiegen dann. Unsere Streitgespräche waren nie laut, sie waren auf eine fatale Weise angsterregend still. Sie waren nie konstruktiv, verfolgten sie nur ein Ziel, Macht auszuüben, Überlegenheit zu demonstrieren. Nicht selten wollte ich sofort wieder abreisen, ich schaffte es nicht. Ich lebte von diesem Mann wie jemand, der sich intravenös davon ernährt. Wenn ich sein Gesicht sah, verliebte ich mich immer wieder neu in ihn. Wir standen oft in all den Monaten vor der Entscheidung, die Geschichte aus Vernunftgründen abzubrechen. Zermürbende Telefonate und Diskussionen, oft bis weit in die Nacht, die damit endeten, daß jeder sich, krank vor Sehnsucht, in sein Auto setzte und wir, völlig übermüdet, hunderte von Kilometern fuhren, um uns entkräftet auf irgendeinem Parkplatz in die Arme zu fallen und unsere Besessenheit zu zelebrieren. Aus dieser, wenn auch nur für einen kurzen Moment gestillten Sucht, versuchten wir, unseren Alltag, getrennt voneinander, über Telefonate und Briefkontakt, weiterzuleben.

Meine Besuche bei Raimund eskalierten nicht selten in dramatischen Trennungsaktionen, Tränen, immer wieder Tränen. Später dann verließ ich nach einer solchen Entscheidung weinend sein Haus, wollte nach Hause fahren, wissend, daß Veit mir diesen Schmerz niemals nehmen konnte. Keine fünf Minuten saß ich im Auto, drehte um, rannte zurück in sein Haus. Oft kam er mir schon entgegen und bebte am ganzen Körper und rief: "Bleib! Geh nicht, um Gottes Willen, bleib! Ich weiß es nicht, Caro, was es ist, ich gehe kaputt, wir gehen kaputt, vielleicht bringen wir uns irgendwann gegenseitig um, wir tun uns nicht gut, das weißt du - das weiß ich, aber ohne dich??" Meistens liebten wir uns danach, - er weinte dabei und schrie, wie sehr er mich liebe - ich haßte ihn und je mehr mir dies bewußt wurde, desto süchtiger wurde ich. `Nur ein Irrer erkennt einen Irren` - das war es - wir waren beide verrückt. Diese Szenen gingen an die Substanz, machten mich müde und krank. Zu Hause mußte ich auch funktionieren, das war ich Veit und vor allem Clara schuldig. Ich verausgabte mich, nicht nur körperlich. Endlostelefonrechnungen, Fahrtkosten und einen Job, bei dem die Wahrscheinlichkeit der Stornierung größer war, als die profitablen Abschlüsse.

Nach einem dramatisch bitter-süßen Wochenende bei Raimund nach fünfstündiger Fahrt zu Hause angekommen, erwartete mich Veit schon. Er war gereizt und er hatte knallrote Ohren, was immer ein bedrohliches Zeichen ist. Unvermittelt fing er an, er schrie und trat gegen den Schrank. "Wie lange soll diese Scheiße hier noch gehen? Kannst du mir nun endlich mal sagen, was hier wird? Ich mache das nicht mehr mit. Alles, aber auch alles machst du kaputt, wegen diesem Arschloch! Du ruinierst uns, hast du dir mal die Kontoauszüge angeschaut??!" Nie hatten wir uns angeschrien, nie in dieser Art und Weise miteinander geredet. Ich war schockiert. Er rastete völlig aus, ich hatte Panik. Er schmiß meine ganzen Klamotten wieder in den Koffer, trat dagegen und weinte und schrie und weinte und schrie. Danach sackte er völlig erschöpft auf den Boden. Ich ging auf ihn zu, wollte ihn irgendwie beruhigen, mich entschuldigen, mich rechtfertigen. Als ich meine Hand auf seinen Kopf legen wollte, schlug er sie weg, sprang auf und ergriff meinen Oberarm, daß es schmerzte. "Entscheide dich! Ich habe beschlossen, nach D. zurückzugehen, irgendwie komme ich schon durch." Empört schrie ich zurück: "Das kannst du nicht machen! Es ist doch alles klar. Seit fast 9 Monaten leben wir hier in dieser Wohnung getrennt. Du selber hast es auch so gewollt, meine Güte, du weißt, daß es unmöglich ist, eine Wohnung für mich und Clara zu finden, finanzierbar sind zwei Haushalte auch nicht. Ich verstehe ja, daß es dir nicht gut dabei geht, im Übrigen, mir auch nicht. Du hast in den ganzen Wochen nicht einmal versucht, um mich - um uns zu kämpfen. Wo ist deine Liebe denn? Du hast die ganze Geschichte so gelassen ertragen, daß ich fast annehmen mußte, daß ich dir einen Gefallen tue. Ein Wort, Veit, nur ein Wort damals, ein klein wenig Einsatz, ein ganz klein bißchen Eifersucht, ich schwöre dir, ich hätte darüber nachgedacht." "Warum ziehst du eigentlich nicht zu deinem Lackaffen nach W.?! Dann bin ich dich endlich los und habe meine Ruhe." "So einfach geht das nicht. Soll ich wieder die Entscheidung abnehmen und du gehst den Weg des geringsten Widerstandes? Alle wichtigen Dinge und Entscheidungen habe ich getragen, du bist immer nur mitgeschwommen und hast zugestimmt. Clara und ich, dein Job, dein Heim, dies alles war dir genug. Veit, ich bin 26 Jahre, das kann es doch noch nicht gewesen sein! Wie oft habe ich dich gebeten, auch mal was für unsere Beziehung zu tun. Es gibt so viele Dinge, simple Sachen, Veit und sag nicht, daß es nicht so ist, die mich erfreuen. Ich brauche keine Geschenke, keine Liebesschwüre. Ein klein wenig Phantasie und Engagement, mal eine kleine Überraschung, nichts mehr und nichts weniger. Sei nicht ungerecht, wie oft habe ich mit dir darüber versucht, zu reden? Lange, Veit, lange schon, bevor ich Raimund kennenlernte. Ich war die, die immer wieder versuchte, dich zu erheitern, dich zu überraschen, uns den Alltag nicht alltäglich zu machen." Er reagierte nicht. "Weißt du, wie schwierig es für mich ist, alles irgendwie so zu organisieren, damit wir den selben hochwertigen Lebensstandard haben, wie einst in D.? Wann bist du das letzte mal mit Theaterkarten gekommen? Wann waren wir mal im Konzert? Einfacher gefragt: Wann hast du mich mal zum Essen eingeladen? Alle Bekannten, die wir hier mittlerweile haben, habe ich "angeschleppt". Es wäre auch mal schön, wenn du nach Hause kommst und sagst , daß wir irgendwo mal eingeladen sind. Veit, mir ist das vom Anspruch her zu wenig. Glaub mir!" "Was erwartest du? Die Theater hier kannst´e ja wohl vergessen, die sind doch nicht zu vergleichen mit denen in D.. Da vergeht mir im Vorfeld schon die Lust. Und Bekannte? Du weißt doch selber, was wir hier bisher kennengelernt haben. Entweder sind es Beamte oder Bauern. Du wärst die Erste, die sich über das blöde Gequatsche aufregen würde!" entgegnete Veit. Es war schon sehr spät. Das Telefon klingelte. Veit stand auf und verließ mit den Worten den Raum: "Ah, da isser ja wieder, *DEIN* Freund. Sag ihm direkt, daß er dich abholen kann."

Es war tatsächlich Raimund. Ich versuchte, ausgeglichen zu wirken. Er klang wieder schrecklich. Er fragte, ob ich gut angekommen sei, er habe von Unfällen im Radio gehört. Ich versuchte leicht und beschwingt zu sein. Dennoch erwähnte ich das eben Geschehene. Er meinte, er könne Veit verstehen und das er ein lieber Kerl sei. Auch er habe über alles nachgedacht und sei zu dem Entschluß gekommen, daß wir wirklich was ändern müssen. Er schaffe alles nicht mehr, er gestand, daß er seinen Job in D. gekündigt habe, daß er in der Nähe von W. in einer Woche anfange und er noch so viel Streß habe, wegen der Auflösung der Wohnung in D. Es sei eine Stelle, die fünfstellig bezahlt werde, da könne er sich keine Aussetzer leisten. Es falle ihm sehr schwer, aber er denkt, daß wir erstmal Abstand voneinander brauchen und deshalb vorschlage, uns lieber jetzt zu trennen. Es sei eh´ schon überfällig. Dies sei nur die Entscheidung des Verstandes, sonst verliere er den Boden unter den Füßen. Ich dachte, daß ich diejenige bin, die die Bodenhaftung verliert. "Wieso erzählst du mir das alles jetzt erst? Du hattest 72 Stunden Zeit dazu! Warum am Telefon? Was soll ich denn jetzt noch tun? Deine Entscheidungen, diese wichtigen Entscheidungen, triffst du allein in deinem Kämmerlein? Was bin ich eigentlich für dich?" Ich wurde lauter: " Waaaaas bin ich für dich?! Bin ich dein Samenklo??? Ich investiere meine ganze Kraft , ich gebe alles auf. Mein ganzes Leben hat sich verändert. Für dich ändert sich nichts, gar nichts! Wie kannst du nur so egozentrisch sein." Ich dachte, er hat aufgelegt und fragte deshalb: "Bist du noch da?" "Ja." "Bitte antworte mir. Was bin ich für dich? Eine nette Abwechslung, der ultimative Kick in deinem psychopathischen Dasein?" "Ich weiß es nicht." Pause. "Ich weiß es nicht." Pause. "Ich weiß es nicht!" Schweigen. "Dann denk nach. Raimund, irgendwas muß doch mal passiert sein, daß du alles wegwirfst, daß du an allem zweifelst, daß du so depressiv bist. Ist da noch irgendwas, von dem ich nichts weiß?"

Langsam bekam ich Angst. Er machte mir ständig irgendwie ein mulmiges Gefühl in der Magengegend. Eigentlich hatte ich, im Nachhinein gesehen, all die Jahre immer das Gefühl, das da irgendwas ist, was er mir verschweigt. Wieder begann er zu weinen. Da ich am Ende meiner Kräfte war, weinte ich mit. Wahrscheinlich saß Veit nebenan und weinte auch. Es war wie im Film, nur schlimmer, denn diesen Film konnte man nicht abschalten. Zwischendurch muß ich eingeschlafen sein, jedenfalls redete ich dann wieder auf ihn ein, bis in die Morgenstunden. Ich versuchte zu retten, was wahrscheinlich nicht mehr zu retten war. Ich versuchte, ihn von mir zu überzeugen, ich versuchte ihn, auf meine - unsere Seite zu ziehen - es gelang. Wir versprachen uns, alles, aber auch ALLES anders zu machen, unseren Nervenkrieg halbwegs zu minimieren und unserer kranken Liebe und Abhängigkeit eine weitere Chance zu geben.

Früh beim Frühstück schlichtete ich die Wogen und Wellen zwischen Veit und mir, wir einigten uns, unsere WG-Beziehung erstmal fortzusetzen, bis vielleicht der Wohnungsmarkt nicht mehr so aussichtslos ist.

Einen Tag später hatte ich folgende Zeilen von Raimund im Briefkasten:

Liebes Miststück, wir beide haben gerade telefoniert. Ein eigenartiges Gefühl ist wieder einmal zurückgeblieben. Ein Gefühl, wie Flausein - wie Aufregung. Ein Gefühl, als besäße ich neben meinem Kreislaufsystem noch einen weiteren Blutkreislauf zwischen Bauch und Hirn. Ein Kreislauf, in dessen Bahnen das Blut kreist, wie nach 60 Sekunden Luftanhalten und pressen. Mein Kopf ist heiß. Ganz einfach das Gefühl des Gegenteils von entspannt sein. Interessanterweise hast du mir vor 14 Tagen erzählt, daß es dir manchmal ähnlich geht. Möglicherweise wäre jetzt - an dieser Stelle meiner Gedanken - der Zeitpunkt gekommen, an dem ein neuer kleiner Streit zwischen uns das Licht der Welt erblicken würde. Nicht zuletzt deswegen, wähle ich den Brief, um dir meine Gedanken zu vermitteln. Die zentrale Frage, die immer wieder vor mir auftaucht, ist: "Was ist es, was zwei Menschen, die sich sagen, daß sie sich lieben, diese negativen Gefühle macht?" Ich glaube nicht an die Geschichte der sich zu selten sehenden Menschen. Caro, irgend etwas ist da zwischen uns, was da nicht sein sollte. Und ich komm` nicht drauf. Was ist es, was verursacht, daß wir uns nicht trauen. Welches "Ding" führt dazu, daß wir füreinander nicht die Hand ins Feuer halten. Und wo führt uns dieser Umstand hin? Du klagst (mit Recht), daß für mich ein Umzug ins Rheinland nie zur Diskussion stand. Ich denke, meine Reaktion ist die Folge aus dieser Vertrauens-Frage. Das Land allein kann niemals Ursache dafür sein. Ich spüre, daß Du dieses "Ding", das zwischen uns steht auch spürst, und trotzdem möchtest Du Dich und Clara vorbehaltlos in eine neue Partnerschaft begeben. Nicht ahnend, was auf Euch zukommen kann, nicht auf eigenen Beinen stehend (wirtschaftlich). Ich bewundere und respektiere Deinen Mut! Und Dein... Vertrauen?? Ich habe Deine Reaktion auf diese Gedanken regelrecht vor Augen. Vielleicht täusche ich mich auch. Du hast neulich am Telefon gesprochen, von jemandem der Dir Blumen schenkt, der mit Dir essen geht,... Auch ich, Caro, vermisse diese "Leichtigkeit des Seins". Wann werden wir beide diese Unbeschwertheit zusammen finden? Diesen Zustand, den ich - und vielleicht auch Du - brauche(st), um dem ständig Nagenden von Außen zu widerstehen? Ich küsse Dich, Raimund.

Bei vollem Verstand ins Verderben

Die Aufträge blieben aus, mein Aufwand und meine Kosten während meiner Außendiensttätigkeit waren höher, als meine Einnahmen. Veit legte mir ans Herz, dringend da auszusteigen. Ich war zu ehrgeizig, hatte es doch am Anfang auch funktioniert. Die Entscheidung darüber wurde mir abgenommen, denn die Niederlassung selbst wurde vom Konzern geschlossen. Veit besuchte seit Wochen eine Abendschule und bildete sich ständig weiter. Jeden Samstag brauchte er nun das Auto und kam abends erst spät nach Hause, was für mich klar bedeutete, daß ich meine Wochenendreisen zu Raimund vergessen mußte. Clara besuchte nun schon die zweite Klasse und der Lehrer, der nach alternativen Lehrmethoden arbeitete, zeigte sich äußerst zufrieden. Er sagte mir eines Nachmittages, daß Clara, wenn es so etwas gäbe, locker die erste Klasse hätte überspringen können. Das hört man gern. Sie war auch nicht mehr ständig krank, wie einst im Kindergarten, was bedeutete, daß ich mich mittelfristig um eine feste Anstellung kümmern konnte. Die Schulstunden waren planbar, ein Halbtagsjob also kein Problem.

Mein ehemaliger Chef rief mich eines Tages an und bot mir eine Stelle als Telefonistin an. Er meinte: "Du hast das Talent, den Leuten alles zu verkaufen, deine Termine waren immer absolut sicher, die Kunden wußten immer, was sie erwartet und vor allem wer. Du könntest von daheim aus arbeiten, wir vereinbaren einen Stundensatz und ich übernehme die Telefonkosten. Mit Adressen versorge ich dich, habe noch einiges an Adreßmaterial von vorher. Was sagst du?" Es war ok. und wir einigten uns. Am nächsten

Tag begann ich sofort damit. Es lief gut, dennoch befriedigte mich das natürlich nicht dauerhaft. Ich wollte raus, soziale Kontakte und eine wirkliche Herausforderung. Von Raimund motiviert, las ich alles was mir in die Finger kam, über positives Denken, Körpersprache, Verkaufsstrategien, Verkaufstalente usw.. Raimunds neuer Job lief, nach seinen Aussagen, sehr gut. Er war wie umgewandelt. Er hatte Erfolg und das stärkte ihn. Dennoch war er nicht in der Lage, mit einem Gehalt, was dreifach so hoch war wie unsere ganzen Einkünfte, als Einzelperson zu haushalten. Immer wieder scheiterten unsere Vorhaben wegen dieses Problems. Ich stellte ihm einen Haushaltsplan auf, entwickelte Sparmaßnahmen, nachdem er mir seine Finanzen offengelegt hatte. Ging Raimund für einhundert Mark einkaufen, hatte er fast nichts im Wagen. Also gingen wir zusammen. Wir kochten zusammen und zwar effektiv. Ich bat ihn, wöchentlich alle Ausgaben aufzulisten. Sein Riesenjeep mußte ja wohl auch nicht sein, er trank so viel Benzin und fraß ihm, aufgrund seiner langen Fahrten, die Kohle förmlich aus der Tasche. Er hing sehr an diesem Auto und gab zu, daß er sich damit irgendwie sicherer und stärker fühle. Ich konnte ihn überzeugen, diesen Wagen einzutauschen, was auch eine schwere Geburt war, da er einen derartig verstrickten Vertrag mit dem Händler hatte, daß er ohne enormen Verlust da gar nicht rauskam. Ich kümmerte mich auch darum und es funktionierte.

Nach erst mehr als einem Jahr nahm ich Clara mit zu ihm. Er hatte sein Leben lang nie etwas mit Kindern zu schaffen, seiner Meinung sind Kinder kleine Erwachsene. Clara kam damit nicht klar. Es war eine Katastrophe. Eines Morgens hatte Clara einfach auf nichts Lust. Keine Spiele, keine Späße, kein Frühstück. Ich kochte innerlich. Sie hatte die ganze Nacht an unserem Bett gestanden und permanent irgendwelche Wünsche. Schließlich begab sich Raimund auf die Couch und schlief dann dort. Heimlich schlich er sich dann wieder zu mir, wir trugen Clara behutsam in ihr Bett, es dauerte zwei Minuten und schon war sie wieder da.

Beim Frühstück sprach Raimund dann vorsichtig und in seinen Augen kindgerecht mit Clara. Er versuchte es so: "Weißt du Clara, schau mal, die Mama hat auch eine recht arbeitsreiche Woche hinter sich und auch ich bin, berufsbedingt, ständig unterwegs. Jetzt wollen wir uns hier ganz in Ruhe gemeinsam mit dir entspannen. Also tu uns doch bitte den Gefallen und verhalte dich nicht immer so destruktiv! Meinst du, du schaffst das?" Clara sah mich fragend an: "Mama, was will der von mir?" Wir verloren die Fassung, fingen an lauthals zu lachen, wir konnten uns nicht beruhigen. Clara war dadurch völlig überdreht und sprang nun auf Raimunds Schoß rum und tobte. Sie fragte Raimund, wieso er keinen Fernseher habe. Wiederum kindgerecht entgegnete er: "Weißt du Clara, ich möchte mein Wohlbefinden nicht von den äußeren Einflüssen abhängig machen." Mir liefen die Tränen, der Bauch tat mir weh. Raimund sah mich verschmitzt an und sagte. "Na, daß ist doch wahr, oder ?" Später schüttelte er den Kopf über sich selber und raunte mir leise zu: "Sei ehrlich, du denkst auch, was redet der für eine gequirlte Scheiße, aber ich muß das doch erst lernen." Er gab sich echt Mühe und Clara fuhr immer häufiger und lieber mit zu ihm. Außerdem waren seine Eltern eine wahrliche Bereicherung, sie nahmen uns Clara oft am Nachmittag ab und kümmerten sich entzückend um sie. Bei unserem nächsten Besuch hatte Raimund einige Spielsachen vom Speicher geholt und sie aufgemöbelt und auch einen kleinen Fernseher. An seinen Wänden waren Bilder von Clara und mir angepinnt. Alles wird gut, daran glaubte ich nun fest.

Wie ich anfangs schon kurz erwähnte, nahmen wir nach unserer Flucht in den Westen und dem Bezug unserer ersten Wohnung ehemalige Freunde aus dem Osten bei uns auf, d.h. der Mann - Felix - war über die Prager Botschaft abgehauen und seine Frau Sandra blieb solange in D., bis Felix Arbeit und Wohnraum besorgte und dem Umzug von Sandra und ihren damals noch zwei Kindern nichts im Wege stand. Leider zog sich diese Aktion wochenlang hin und Felix dachte nicht im Traum daran, was zu unternehmen. Fast 10 Wochen wohnte er bei uns und das nicht schlecht. Allabendlich war er straff wie eine Haubitze und erbrach sich regelmäßig vor der Toilette und im Flur. Es wäre ja noch nicht mal so schlimm gewesen, wenn er sein eigenes Geld für seine feucht-fröhlichen Kneipenbesuche ausgegeben hätte. Nein, es war noch unser Geld zu Anfang, da seine Amtsanträge ja noch nicht fertig bearbeitet waren. Irgendwie hatten sich danach unsere Wege getrennt. Sandra bekam rasch das dritte Kind und ihr Lebensinhalt waren die Kinder und die evangelisch-freikirchlichen Gemeindenachmittage, während Felix sie betrog. Sie waren wie fanatisch in dieser Welt untergetaucht. Einige Jahre später zogen sie aus dem Ort weg in eine sehr schöne geräumige Wohnung ca. 15 Kilometer von uns entfernt. Die Miete war für diese Wohnung ein Traum, die Lage toll. Ich beneidete sie darum.

Eines Tages rief sie bei mir an und sagte, daß sie mir nur mitteilen wolle, daß sie in zwei Tagen aus der Wohnung in ein Haus von der Gemeinde zögen, sie wollte mir wenigstens die Chance geben, mich bei dem Vermieter mal zu melden, da sie ja wisse, wie sehr uns diese Wohnung damals gefiel. Dies tat ich prompt. Herr Lehmann war der klassische Vermieter der alten Schule. Er bedauerte es sehr und sagte: "Mensch Frau Reimann, hätten sie einen Tag eher angerufen, die ist weg. Gerade vorhin habe ich den Vertrag unterschreiben lassen." Ich bat ihn, daß er mich anrufen möge, sollte er wieder verfügbaren Wohnraum haben. Er meinte, daß dies schlecht aussähe im Moment und er mir keine Hoffnungen machen könne. - Ich erzählte Raimund diese Geschichte. Er fragte mich, was ich mit einer fast 100 qm - großen Wohnung wolle, natürlich hatte er längst geahnt, daß ich im Stillen hoffte, daß er dann mit zu uns zieht. Er war nicht begeistert.

Es waren Sommerferien und Clara war mit Oma und Opa im Urlaub. Da Raimund beruflich ständig irgendwelche Seminare in ganz Deutschland hielt, hatte ich die Möglichkeit, ihm immer nachzureisen. So trafen wir uns immer in den Hotels, tagsüber beschäftigte ich mich, machte Ausflüge durch die Städte und Museen, abends hatten wir genügend Zeit für uns. Ich fühlte mich in diesen Wochen immer unbeschwert und frei. Veit ist dann auch meistens mit zu seinen Eltern gefahren, so konnte er alte Freunde besuchen und nicht zu vergessen, seinen tollen Bruder. Ich war also allein und freute mich darauf, daß Raimund mich in zwei Tagen abholen würde und wir anschließend zu ihm fahren. Er hatte Urlaub. Das Telefon klingelte. "Tach auch Frau Reimann, hier ist Lehmann." Der Vermieter. "Hörens Frau Reimann, ich hab mich dat mit der Wohnung noch mal überlegt. Sie haben so eine nette Stimme am Telefon und sind mir so sympathisch, da hab ich jesacht, zu der andern, dat dat mit dem Vertrag dann doch nix gibt. Sie sind doch och von da drüben, nicht?" "Ja Herr Lehmann" erwiderte ich direkt in Kampfbereitschaft, ängstlich, daß er deshalb nun wieder absagt. "Sehens, ich hab doch och Verwandte da drüben, da tu ich mal wat Jutes. Wenn Se wolln,

können´se sich gleich de Schlüssel bei mich abholen."
"Wie bitte? Ist das ihr Ernst? Äh, ähm, wie sieht es aus mit
Kaution, wie hoch ist die denn, wissen Sie, das muß ich alles wissen und der Vertrag? Wir machen doch einen Vertrag? Aber Sie rufen mich doch nicht morgen an, wie meine Vorgängerin, und sagen ab, oder ?" Ich überschlug
mich. "Kaution will ich nicht. Vertrag klar, der liegt ja
schon direkt hier und dat mit der Anderen, dat hat mir sowieso nicht jeschmeckt. Dat war ne janz andere Geschichte." Er gab mir die Anschrift seines Büros durch und ich
machte mich auf den Weg. Vorher rief ich Veit an und erzählte ihm von der Wohnung. Sein Kommentar dazu:
"Mach mal, wenn du glaubst, daß du dir das leisten
kannst?!" Und ob. Unser Bausparvertrag endete am Letzten des Monats, so konnte ich getrost wenigstens das Nötigste in die Wohnung stellen.

Mit dem unterzeichneten Vertrag - ich konnte noch zwei
Wochen mietfrei dort wohnen - fuhr ich zur neuen - eigenen Wohnung. Sie war total abgewohnt - kein Wunder,
denn Sandra und Felix hatten nun bereits Kind Nummer
vier. Im Kopf hatte ich eindeutige Vorstellungen und Bilder, wie diese Wohnung bald aussehen würde. Eines war
klar: Das Namensschild wird lauten: Caroline und Clara
Reimann und Raimund Brauer!

Als Raimund am Abend eintraf, war er völlig fertig. In
der Zwischenzeit kochte ich ein ziemlich aufwendiges Gericht und stellte Kerzen und Weingläser auf den Tisch. Es
war mir sehr unangenehm und fremd, *ihn* in *unserer* Wohnung zu empfangen. Ihm war ebenfalls nicht wohl dabei.
Direkt nach der Ankunft fragte er: "Hör mal, ist das wirklich ok. für dich hier mit mir?" "Es muß Veit ja nicht erfahren. Wir müssen nur aufpassen, beim Hinausgehen. Hier
grüßen die Nachbarn hinter den Gardinen." Auf seinen

leeren Teller legte ich eine kleine Kiste, nett zusammenge-
packt, darin befand sich der Zweitschlüssel der Wohnung.
Es sah von außen aus wie ein Päckchen vom Juwelier. Er
sah mich an und sagte verlegen: "Caro, du mußt auch auf
dein Geld achten, du sollst mir keine Geschenke machen!"
"Es wird dein Leben verändern, ich schwöre es dir. Ich
habe lange gesucht, bis ich es gefunden habe und ich glaube, es wird zu dir passen." "Ich bin gespannt." sagte er
beim Öffnen. Raimund hatte diese Art der Gesichtsmimik,
die unverkennbar war. Freute er sich wirklich, blieb er
ernst und war sprachlos. Freute er sich aus Höflichkeit,
hatte er dieses schleimige Grinsen, was falsch und unecht
war. Dies wußte aber nur, wer ihn kannte, gut kannte. Dieses Grinsen war auch ein Grund dafür, daß er überall so
beliebt war, weil ihn kaum einer durchschaute. Und eben
dieses Grinsen erschien auf seinem Gesicht. "Aha, was ist
das?" "Na wonach sieht´s denn aus?" So eine blöde Frage.
Er wollte Zeit schinden. "Ist es das, wovon ich denke, daß
es DAS ist?" fragte er. "Mmh, du, ich kann dir grad´ nicht
folgen, gib mir mal bißchen mehr Hintergrund. Woran
denkst du denn speziell?" "Miststück! Du weißt genau, wovon ich rede." Zischte er relativ zärtlich. "Los, zieh dich an.
Wir essen hinterher. Ich will dir was zeigen." Er holte sich
sein Sakko, als mir auffiel, daß er einen neuen, superschik-
ken Anzug trug. "Heu, den hab ich ja bei dir noch nie gesehen?" sagt ich bewundernd. "Kannst du auch nicht. Gefällt er dir?" "Du bist schön. Du bist so schön." Er nahm
mich in die Arme und bedankte sich für das Kompliment.
"Du auch! Miststück! Willst du wissen, woher ich den habe?" ohne auf meine Antwort zu warten, sprach er weiter.
"Stell dir vor, ich habe dir doch erzählt, daß ich mittags,
wenn ich in der Firma in W. bin, mit den Kollegen ab und
zu zur Besprechung in dieses Bistro gehe - "unser" Bistro,

mit dem Piano. Da habe ich kürzlich eine alte Klassenka-
meradin getroffen. Sie ist Flugbegleiterin und läßt sich für
ihren Freund die gesamte Garderobe in Bangkok anferti-
gen. Ich sage dir Caro, die Qualität der Stoffe! Ein Traum!
Der Anzug kam umgerechnet 250 ,-- DM. Sie bringt frei-
tags die Maße hin und sucht die Stoffe aus, alles Handar-
beit. Und drei Tage später holt sie die Klamotten ab. Ich
brauchte ja dringend neue Anzüge, habe mir noch zwei davon bestellt." Ich dachte wehmütig an Bangkok. Als Flugbegleiterin hatte ich mich auch schon mehrfach beworben.
Es war mir irgendwie nicht so recht. Es war so einen Atem-
zug lang nur ein Gefühl, ein Unbehagliches. Ich neige nicht
zur Eifersucht, dennoch warf ich leicht ironisch-lasziv ein:
" Tja, Brauer, hast du mit *deiner* alten Liebe über alten Sün-
den geredet und dabei hat sie mal, der alten Verbindung
wegen, kräftig Maß genommen?" Ich lachte aufgesetzt und
griff ihm bei dem Wort "kräftig" , kräftig in den Schritt.
Das zog irgendwie immer. Er reagierte auf die kleinste Be-
rührung, egal wo. Er ärgerte sich immer mächtig über seine
fehlende Beherrschung. Oft schimpfte er deshalb vor sich
hin, natürlich im Spaß. Er sagte, bei mir genüge es, wenn
ich ihn nur anschaue. "Caro, diese Frau ist in festen Händen und überhaupt nicht mein Typ. Außerdem waren wir
schon im Kindergarten zusammen ." Ich dachte nicht
mehr darüber nach - bewußt zumindest nicht.

Wir gingen zu seinem Wagen. Ich sagte ihm, ich würde
fahren. Ich bog um die Ecke und hielt an. Ich zog aus meiner Tasche ein Tuch und verband ihm die Augen. Er grin-
ste und sagte: "... ich dachte, wir wollten jetzt erst mal wohin fahren?" automatisch kam er mir dabei näher. Ich
startete den Wagen wieder und er fing wieder an: "Also
heißt das jetzt, daß du mich nicht vergewaltigst? Och, *wir*
hatten uns schon so darauf gefreut!" "Später Brauer, spä-

ter. Vielleicht. Wenn du dich so freust, wie ich es erwarte!"
"Du bist so streng zu mir!" sagte er gespielt trotzköpfig.
"Weißt du, warum ich das bin? Weil du nicht genug davon
haben kannst. Weil es dir gefällt, oder ?" Meine Güte, uns
wurde heiß. Er meinte, ich solle aufhören, sonst sehe er
keine Chance, daß wir gleich dort ankämen, wohin ich ihn
entführen wollte.

Wir betraten die neue Wohnung. Ich löste das Tuch von
seinen Augen. Er blinzelte und sah sich um. Er ging von
Zimmer zu Zimmer, wortlos. "Ich vermute, du hast die
Wohnung jetzt doch bekommen. Ist DIE das?" "Ja. Das ist
sie." Wieder dieses ölige Grinsen. Ich fragte: "Was ist? Was
denkst du?" "Du, wenn es für dich okay ist?! Schön, ich
freue mich für dich." sagte er mit seinem geschultesten
Verkäuferdeutsch. "Aber Caro, wieso denn so eine große
Wohnung? Warum diese vielen Zimmer?" Ich antwortete
nicht. Ich sah ihn einfach nur an. "Nein Caro, nein, bitte
sage, daß das nicht dein Ernst ist. Sage bitte, daß das nicht
stimmt!!" Ich fing an zu weinen. Er fuhr sich genervt durch
seine Haare, über sein Gesicht und immer wieder strich er
die Haare hinter. "Das kann nicht sein! Das ist Erpres-
sung." Er wurde lauter. Fein, direkt der richtige Einstand.
Die Mieter sollen schließlich gleich wissen, was hier in den
nächsten Monaten abgeht. Es war dunkel und wir sahen
praktisch nichts mehr. Felix hatte alle Glühbirnen rausge-
schraubt. Also fuhren wir wieder. Ich bat ihn um einen
Spaziergang. Dann ging es los: "Wie stellst du dir das vor!
Ich habe vor einem halben Jahr in der Firma angefangen,
ich kann doch nicht schon wieder wechseln. Mein Haus ist
derartig renovierungs- und sanierungsbedürftig, daß weißt
du. Das kauft mir so niemals jemand ab. Außerdem hat da
meine Urgroßmutter schon gewohnt, ich kann das nicht
einfach so abgeben. Selbst wenn ich es herrichten würde,

hätte ich Ausgaben um die 100.000,-- DM. Das geht auch nicht. Selbst wenn es dann in Ordnung wäre, wer sagt mir, daß es sofort verkauft wird?" Er machte eine kurze Pause und fuhr beängstigend ruhig fort. Ganz leise sagte er: "Diese Wohnung Caro bedeutet das AUS für uns, weil ich nicht weiß, wie das funktionieren soll. Entweder die Wohnung oder ich!" In meiner Hilflosigkeit und meiner Verlustangst log ich ihn an: "Du, Liebling, paß mal auf! Ich will doch gar nicht, daß du hier hochkommst. Schau her, diese Wohnung ist für mich und Clara eine Übergangslösung. Ich muß zu Hause raus. Das ist kein Zustand mehr. Veit und ich verstehen uns zwar, aber ich verletze ihn doch bei jedem Telefonat mit dir. Es muß doch unendlich schwer für ihn sein, *DAS* jeden Tag hautnah mit zu erleben. Ich bewundere ihn, wirklich! Ich wäre längst durchgedreht. So! Ich kaufe mir nur das Nötigste, und zwar mit dir zusammen. Schließlich muß es dir ja auch gefallen und in dein Haus passen?!" "Wie-in-mein- Haus-passen-?" fragte er irritiert. Ich hatte mir geschworen, bei allem was mir lieb und teuer war, nie, aber auch nie und nie und nie in dieses Haus, in diese Gegend, mitten im tiefsten Spessart zu ziehen, komme was wolle. Schlimm genug die Besuche. Noch schlimmer war, ich verstand die Leute nicht. Dieser Dialekt! Weit und breit nur Wald und Wiesen, was ja im Grunde schön sein kann, aber fast keine Verbindung zur Außenwelt - für mich. Außerdem war seine Ex-Frau immer allgegenwärtig in diesem Haus. Ich mußte Raimund wochenlang bitten, die persönlichen Dinge seiner Frau wegzuräumen. Es sah aus, als sei sie nur mal eben zwei Tage in Urlaub, dabei lebten sie schon fast drei Jahre getrennt, - neben ihrer Schlafstelle *(zum Beispiel)* stand eine kleine Kommode, darauf lag noch immer die halbleere Pillenverpakkung. Dazu der Stil! Es war ein altes, kleines Fachwerkhaus, von innen ganz gemütlich. Alles klein und beengt, kleine Fenster und niedrige Decken. Die Wände waren windschief und durchbrochen von dicken, tiefbraunen Holzbalken. Ein Kamin im Wohnzimmer, eine Ledercouch, ein Tisch, eine Pflanze, einen Raumteiler, auch (gewollt) krumm und schief, aus eben diesen Holzbalken. Sicher! Superwohlfühlgemütlich! Mal für eine Nacht, einen Abend, eine Stunde! Schaute man aus dem Küchenfenster, starrte man direkt auf eine Wand und in die Nachbarsküche, d.h. im Klartext, es gab nur eine Wand und ein Fenster, welches, haha: Nicht zu öffnen war. Praktisch zusammengewachsen mit dem lieben Nachbarhaus. Das Badezimmer war wirklich ein Schmuckstück. Groß und geräumig. Vom Allerfeinsten! Ich glaube, Raimund zahlt noch heute die Wandfliesen und das Bidet ab. Aber da rein konnte Clara unmöglich einziehen. Und ich erst. Wohin sollte ich mit meiner vielen großen Keramik? Meiner Kunst? Meinem Designerstuhl? Meiner Staffelei? Ich brauchte Licht und Platz und Raum und Farbe. Wohin sollte Clara? In das 3 qm große Zimmerlein nebenan, wo man schon beim Hineingehen überlegt, ob es nicht klüger wäre, ohne sich umzudrehen und genau in dieser Stellung wieder den Raum zu verlassen. Hätte man sich zur Seite gedreht, wäre es schon schwierig geworden.

In einem Anflug geistiger Umnachtung und Verstandesverlust hörte ich mich sagen: "Der Schlüssel eben ist nur symbolisch. Du kannst praktisch kommen und gehen, wann immer du willst. Die eigentliche Überraschung ist die, daß ich beschlossen habe, in den nächsten Schulferien mit Clara zu dir zu ziehen." Mal gut, daß wir vorher nichts gegessen hatten, denn sonst wäre ich jetzt spätestens erstickt. Raimund starrte mich an und sagte: "Könntest du das bitte wiederholen?!" Das konnte ich natürlich nicht;

deshalb sagte ich nur, daß er schon richtig verstanden habe. "Wenn du ehrlich bist Caro, willst du das doch wirklich nicht! Wir haben so oft darüber geredet und immer wieder hast du mir deine Abneigung gezeigt. Ich verstehe es ja auch. Wäre ich dort nicht aufgewachsen und hätte eine ganz andere, innere Verbindung zu dieser Gegend, glaub mir, ich würde da auch nicht freiwillig wohnen wollen. Das war ja auch damals der Grund, daß ich mich vom Polizeidienst habe nach M. versetzen lassen. Nee, Clara, tu dir das nicht an. Ich hätte ständig ein schlechtes Gewissen und Angst, daß du mir irgendwann mal Vorwürfe machen würdest. DU paßt da nicht hin!" "Raimund, es ist unsere einzige und letzte Chance. Ich will mit dir zusammen bleiben." "Das will ich auch." "Meine Güte! Was ich mache, ist falsch. Glaub mir, diese Entscheidung ist wirklich nicht einfach. Aber was soll ich denn nur noch alles tun? In die neue Wohnung hier willst du nicht. Du stellst mich sogar vor die Entscheidung, zwischen dir und der Wohnung zu wählen. Ich habe dir angeboten, dein Haus verkaufsfähig zu machen und das wir uns dann irgendwo in der Mitte treffen und uns gemeinsam was suchen, so daß du deinen Job nicht aufgeben mußt. Ich schlage dir vor, daß wir zu dir ziehen. Das ist auch nicht in Ordnung. Ich verbiege und vergewaltige mich förmlich und nichts ist akzeptabel." Ich war verzweifelt. "Du sollst dich für mich nicht verbiegen." Sprach der schlaue Mund. -

Wir fuhren zu mir. Raimund lag die ganze Nacht wach und starrte an die Decke. Ich war traurig, machtlos und verschlossen. Beim Frühstück sagte er kurz und entschlossen: "Okay, ich werde dann nach Hause fahren. Überlege es dir bitte noch einmal ganz genau, was *du* nun willst. Ich habe die ganze Nacht gegrübelt und denke, daß es nicht schwer sein dürfte, den Dachboden auszubauen. Das schiebe ich schon so lange vor mir her. Einen Job finden wir schon für dich, denn eines sage ich dir, den ganzen Tag in dem Haus, da drehst du mir irgendwann durch. Clara könnte in meine alte Schule gehen, dahin fährt ein Bus, dies ist auch kein Problem. Außerdem sind meine Eltern auch noch da. Wir müßten halt nur schauen, daß wir ein zweites Auto auftreiben, denn sonst bist du aufgeschmissen. Was sagst du dazu?" Ich nickte nur und meinte: "Hört sich nicht schlecht an."

Ich dachte an Veit. Wahrscheinlich würde ich ihn so schnell nicht wiedersehen. Ich hing irgendwie an ihm, wie ein kleines Kind. Ich wußte, daß ER all die Jahre meine Basis war, mein sicherer Boden, auf dem ich mich bewegte. Clara war so auf Veit fixiert, wie so viele Töchter auf ihren Vater. Bislang war er für mich/für uns immer greifbar. Was würde nun geschehen? Was geschieht mit vergangenem Glück?

Die nächsten Tage war ich damit beschäftigt, die neue Wohnung zu renovieren. Ich tat das Nötigste. Immerhin waren es nur noch sechs Monate, die ich dort verbringen wollte. Wirklich *ZU HAUSE* fühlte ich mich so oder so nirgendwo mehr. Die Traurigkeit und das schlechte Gefühl blieben. Die Euphorie blieb aus. Raimund bemerkte meine Wandlung und nun war er es, der mir zusprach und um uns kämpfte. Er hatte in diesen Tagen keinen Einblick in meine Seele. Darunter litt er sehr. Er schrieb mir eine Karte:

Liebe Caroline,
gerade haben wir telefoniert.
Ich spüre Unruhe. Du warst nicht aufrichtig!?
Es macht mich traurig, daß Du mir den Blick in Deine Gedanken verwehrst.

Ich bin sicher, daß Du recht gut schauspielern kannst, wenn nötig.

Was bewegt Dich dazu, mich spüren zu lassen, daß es Dir nicht gut geht - jedoch zu schweigen, wenn ich Dich nach den Ursachen frage.

Ich hasse dieses Gefühl der Ohnmacht!

Wer kann schon mit Feinden umgehen, die er nicht kennt?

Du zeigst mir Deine Fröhlichkeit - schenke mir Deine Traurigkeit.

Dein Freund

In den folgenden Wochen balancierte ich zwischen zwei Wohnungen hin und her. Vormittags meine Telefontätigkeit, nachmittags die Umzugsvorbereitungen. Fritz, mein Chef, teilte mir mit, daß er schon wieder die Firma gewechselt habe und bat mich, die Termine nun unter anderen Gesichtspunkten zu legen. Er brachte mir das Konzept vorbei und schwärmte von der neuen Stelle. Ich fragte ihn, wie diese Firma hieß. Welch ein Zufall! Er arbeitete nun auch - wie Raimund - für den Konzern "Korrupt GmbH" nur eben nicht im Süden. Ich war mit den Geschäftsgebaren vertraut, da Raimund mich öfter mit zu Terminen genommen hatte. Ich kannte das "Produkt" also, das machte den Einstieg einfacher. Fritz meinte, daß dies eventuell auch für mich interessant sei, da sich dort gute Verdienstmöglichkeiten bieten würden. Man hätte gute Aufstiegschancen und überhaupt wäre dort alles *ganz anders*. Er wollte sehen, ob er mich ins Unternehmen "bringen" könnte, ich könne es mir ja erst mal anschauen. In Gedanken sah ich mich schon wieder zwischen diesen Möchtegernverkäufern sitzen, die sich in billigen und altmodischen Anzügen - vorzugsweise Bolerojäckchen - und Mickymousekrawatten und Tennissocken und Schlüffchen mit Bömmelchen, profilierten. Die Fluktuation in diesen Firmen war so groß, daß man diese Exemplare allerhöchstens zwei Wochen zu Gesicht bekam. Außerdem wurde es immer schwerer, irgendwelche Produkte zu verkaufen, da die Menschen meist alles hatten oder nichts hatten und auch nichts wollten. Da half auch keine Schulung oder irgendein Motivationsseminar etwas, bei dem die Führungskraft die Angestellten mit falschen Statistiken beweihräucherte. Es kratzte mich ein wenig, weil Raimund im Grunde auch diesem Genre angehörte - irgendwie. Und *ich* auch?? Nur hob er sich vom Durchschnitt ab. Dennoch dachte ich, daß es nicht übel wäre, mich hier schulen zu lassen, so könnte ich in W. übergangslos bei Raimund in der Firma einsteigen und hätte direkt eine Arbeit. Es störte mich zwar, daß man auch dort nur ausschließlich auf Provisionsbasis arbeitete, aber ich wollte ja dort nicht ewig bleiben und hoffte, daß Raimund, als einer meiner zukünftigen Vorgesetzten, dann später, schon irgendwas dran drehen konnte. Vielleicht könnte ich eine Assistentinnenstelle im Büro annehmen. Raimund und Fritz waren im Management tätig und kassierten Festgehalt. Egal. Ich dachte an den Umzug nach W. und sagte einige Tage später zu.

Die fast dreiwöchige Schulung war wirklich lustig und aufschlußreich, wenngleich äußerst anstrengend. Ich habe sehr viel gelernt und es war doch sehr anspruchsvoll. Raimund "trainierte" bei meinen Besuchen mit mir und wir gingen das Konzept gemeinsam durch. Er legte mir die Termine und fuhr zu den Gesprächen mit. Wir wechselten uns ab beim Kunden, so konnten wir ganz wunderbar aneinander arbeiten und wachsen. Es war sehr interessant, denn wir bedienten nun auch Firmen und lernten tolle Leute kennen.

Clara und ich wohnten nun bereits alleine. Durch meine Tätigkeit war es sehr schwierig, ihr gerecht zu werden. Ich glaubte anfangs, daß ein Schulwechsel nicht nötig sei, da die Entfernung eigentlich minimal war. Dennoch gestaltete sich von diesem Wohnort aus die Busverbindung zur Schule als so schwierig, daß ich Clara in die hiesige Grundschule geben mußte. Ich war mir bewußt, daß es schwierig ist, noch schwieriger würde es für sie, wenn sie in einigen Monaten wieder wechseln würde. Es war für sie schwer. Diese Schule hatte ein ganz anderes Niveau und auch einen ganz anderes Unterrichtskonzept. Ihre Lehrerin, Frau Einzigartig, war um die fünfzig, kinderlos, wohlhabend und sehr attraktiv. Sie hatte ihre "Täubchen" und war knallhart. Um ihre Attraktivität auch permanent zu unterstreichen, schminkte und parfümierte sie sich während des Unterrichts. Die Kinder waren alle samt zusammen aufgewachsen, kannten sich seit Jahren, - auch die dazugehörigen Elternteile. Clara war ein absoluter Außenseiter. Frau Einzigartig zeigte sich pikiert, als Clara sagte, daß sie am Religionsunterricht nicht teilnehmen würde. Alle Kinder seien hier im Religionsunterricht. Es war ein unüberwindbares Problem für Frau Einzigartig. Ich wollte mich nicht dagegen stellen und unnötigen Ärger machen - die paar Wochen! Im Klassenzimmer gab es eine Ampel. Stand sie auf "rot", durften die Kinder nicht zum WC. Nun waren die Kinder ja gerade mal acht oder neun Jahre alt. Oft machten sich die Kinder in die Hose, da sie während der roten Ampelphase das Klassenzimmer nicht verlassen durften. Frau Einzigartig hyperventilierte dann regelmäßig, aufgrund der "Sauerei". Sie war mir ein Dorn im Auge. Clara sackte mit den Leistungen derartig ab, daß ich sofort meine Tätigkeit beschränken mußte. Viele Dinge, die in der alten Schule noch nicht gelehrt wurden, hatte diese

Klasse bereits hinter sich und anders herum. Der Elternbeirat beschloß dann, ohne mich zu integrieren, daß es für Clara besser sei, das Schuljahr zu wiederholen. Ich traf mich mit dem einstigen Klassenlehrer und erzählte ihm diese Geschichte. Er schüttelte den Kopf und bat mich, Clara unbedingt in ihrer Altersstufe zu belassen. Sie sei so intelligent und kreativ. Er empfahl mir, das Gespräch mit dem Direktor schnellstens zu suchen, was ich auch tat. Der Rektor wiegelte kurz und entschlossen ab. Er hörte mir zu und meinte: "Frau Reimann! Ich arbeite jetzt nun schon mehr als zwanzig Jahre mit Frau Einzigartig zusammen. Glauben Sie mir, die Eltern der Kinder, die mit Clara in der Klasse sind, waren auch einst die Schüler von Frau Einzigartig. Es gab noch nie hier irgendwelche Probleme mit dieser Lehrerin." "Das kann ich mir vorstellen. Weil sich keiner traut, was zu sagen. Ich weiß von Kindern, die nicht zu Frau Einzigartig´s "Täubchen" gehören, die schon am Sonntagabend Bauchschmerzen haben oder die ganze Nacht erbrechen, wenn sie wissen, daß am nächsten Tag die Schule wieder beginnt! Ich habe da aber schon ganz andere Meinungen gehört." warf ich ein. "Wissen Sie Frau Reimann, wir alle hier ziehen an einem Strang. Und ich meine wirklich alle. Dieses Konzept hat sich bewährt, seit ich denken kann. Und wem das nicht paßt, der braucht seine Kinder nicht in unsere Schule zu geben! Sie werden verstehen, daß ich Frau Einzigartig über dieses Gespräch unterrichten muß?!" Damit war die Diskussion beendet.

Einige Tage später klingelte es an meiner Tür. Eine Dame und ein Herr vom Jugendamt wollten "einen kleinen Abstecher" machen und bei mir mal nach dem "Rechten" schauen. Man habe sie eindringlich gebeten, unvorbereitet bei uns mal *rein zu schauen,* da man sich große Sorgen wegen Clara´s Wohlbefinden mache. Auf meine Frage, wer sich diese Sorgen mache, bekam ich keine Antwort, nur, daß es mehrere Leute durch eine Unterschriftensammlung bestätigt hätten. Nach circa zehn Minuten verließen beide, sich mehrfach entschuldigend und darauf hinweisend, daß es ja auch nur ihr Job sei, meine Wohnung.

Ich wollte nur noch weg. Ich zählte die Tage bis zu unserem Umzug. Clara tat mir so unendlich leid. Angeblich wäre sie aggressiv und gewalttätig, sie würde unvermittelt zubeißen und die Eltern hätten Angst um ihre Kinder. Ich erfuhr diese Dinge nie direkt, immer durch andere Personen, die weder mich kannten, noch ich sie. Manchmal auch durch anonyme Anrufe.

(Clara versichert noch heute unter Tränen, daß dies damals nie stattgefunden habe. Sie weint noch heute, wenn sie an diese Zeit denkt und erzählt, wie furchtbar sie von einigen Kindern gereizt und provoziert wurde und, daß sie sogar mich verteidigte, da man mich auch beschimpfte).

Ich machte Clara Mut und bereitete sie auf den Umzug in einigen wenigen Wochen vor. Sie wollte nicht mit. Ich versuchte sie zu ködern, indem ich sagte, daß sie dann auch aus der blöden Klasse endlich raus käme. Sie wollte bei Papa bleiben und sie könne ja zurück dann, in ihre alte Schule.

Raimund indessen räumte den Speicher aus und fand seine alte Kinderwiege. Er bemalte sie neu und zeigte sie mir stolz. Ich freute mich, daß er diese Zukunftsvisionen hatte. Wir zeigten Clara bei Raimund dann ihr zukünftiges Zimmer und ihre neue Schule. Vor dem Haus spielten Kinder, mit denen Clara sich anfreundete. Als sie erfuhr, daß diese Kinder auch in diese Schule gingen, war sie erfreut. Sie wollte nun auch, daß wir umziehen. Ab diesem Moment lief es auch in ihrer Klasse besser, ich glaube, sie dachte damals genau wie ich.

In den Oktoberferien flog ich zu meinen Großeltern nach B.. Sie waren schon sehr betagt und ich liebte sie abgöttisch. Ich habe als Kind hin und wieder bei ihnen gelebt. Ich erzählte von meinem - unserem Vorhaben. Meine Oma war skeptisch. Ich verstand sie nicht. Es ist doch alles Bestens. Ich erzählte ihr, daß uns Raimund vom Flugplatz abholen wird und wir anschließend zu ihm fahren werden. Wir würden Clara in der neuen Schule für Januar anmelden. Durch die versetzten Ferien in den einzelnen Bundesländern, hätte Clara dann die Gelegenheit, nächste Woche mal einen oder zwei Probetage zu machen, danach könnten wir immer noch umdenken. Meine Oma fragte nach Veit. Ich versuchte ihr klarzumachen, daß ich immer eine ganz besondere Beziehung zu ihm haben werde und das ich ihn eigentlich auch noch liebe, aber anders eben. So, daß es für mich nicht ausreiche und ich ihn auch nicht ein Leben lang belügen wolle. Schließlich habe er auch das Recht, so geliebt zu werden, wie er es sich wünsche und vor allem, wie er es sich auch verdiene. Ich sagte noch, daß das Leben doch zu kurz sei, um mit Kompromissen zu leben und das man es auch verpassen könne, zur richtigen Zeit den Schlußstrich zu ziehen. Sie blieb weiterhin kritisch und sagte: "Wenn das mal richtig ist!?"

Raimund wartete in der Ankunftshalle auf uns. Er sah atemberaubend aus. Während ich auf unsere Koffer wartete, rannte Clara ihm entgegen. Mit einer langstieligen Rose kam sie zurück. Ich wollte sie ihr abnehmen, als sie die Hand wegzog und sagte: "Nö Mama, die ist für mich." Draußen nahm Raimund mich in den Arm mit den Worten: "Endlich, da sind ja meine beiden Frauen!" und gab mir auch eine Rose. Die Warteten sahen melancholisch zu uns hinüber und lächelten. Wir sahen so gut zusammen aus. Wir repräsentierten das, was man umgangssprachlich als "schönes Paar" bezeichnet. "So, jetzt ist *meine Familie* endlich wieder da, nun laßt uns mal nach Hause fahren." Das klang so gut. Ich war in diesem Moment überglücklich. Nach vierstündiger Autofahrt kamen wir bei Raimund an. Es war Hochwasser und er mußte seinen Wagen direkt vor dem Haus parken. Clara rannte runter und bestaunte die Wassermassen, die der Main über die Ufer gespült hatte. Ich wollte schon ins Haus gehen, als Raimund mich bat, kurz zu warten. Er sprang die Treppen hoch und rief einige Minuten später nach mir. Als ich die alte, marode Holztreppe hinaufsteigen wollte, traute ich meinen Augen kaum. Die Treppe war neu gestrichen und auf jeder Stufe waren Rosenblüten verstreut und Kerzen aufgestellt. Die Rosenköpfe führten ins Wohnzimmer weiter zum Schlafzimmer, alles in Kerzenlicht getaucht. Raimund wartete vor dem Schlafzimmer. Das ganze Bett war voller weißer Rosenblätter und um das Futon herum, hatte er Teelichte angereiht. Auf dem Kopfkissen lag inmitten von den Blüten ein seidiger Morgenmantel für mich und eine neue Flasche mit meinem Parfüm. An die Wand gelehnt, stand ein von ihm gemaltes, riesiges Oelgemälde, welches zwei nackte, sich liebende Körper darstellte. Er sah mich an und fragte schluchzend: "Willst DU- wollt IHR - mich heiraten?" Wir fielen uns in die Arme und weinten. Ich bekam nicht mit, was um mich und vor allem, was mit mir in diesem Moment geschah. Erst als Clara polternd die Treppe hochkam, lösten wir uns. Sie sagte: "Mensch Mama, jetzt geht das Geheule schon wieder los!" Raimund bat Clara, sich mit zu uns zu stellen. Wir umarmten uns alle drei. Danach rannte Clara ins Wohnzimmer und schrie plötzlich: "Wow, Mama schau mal, der Raimund hat alles umgeräumt." Tatsächlich, Raimund hatte das ganze Haus verändert. Alle Dinge, die an seine Frau und seine Vergangenheit mit ihr erinnerten, waren verschwunden. Jetzt repräsentierte dieses Haus nur noch ihn, seinen Geschmack und seine Seele. Er muß wohl Tag und Nacht geräumt haben. Ich war begeistert. In den nächsten Stunden besprachen wir alle organisatorischen Dinge und machten eine Liste, was noch zu erledigen sei. Wir meldeten Clara in der Schule an. Ich nutzte die Gelegenheit und wusch unsere gesamte Schmutzwäsche, da ich mir eine Waschmaschine zusätzlich nicht gekauft hatte. Wofür auch? Raimund hatte alles. Die Ferien waren zu Ende und Raimund brachte uns nach Hause. Er hatte noch vier Tage frei.

Wieder bei mir, kündigte ich meine Wohnung zum nächsten Ersten und meldete Clara vom Ballett ab. Ich bat um einen Termin bei Frau Einzigartig, um auch sie von Claras Schulwechsel zu unterrichten. Sie war seeehr nett. Am Schluß sagte sie: "Frau Reimann, ich denke, das ist eine wirklich gute Entscheidung. Clara hat sich hier nie wirklich eingelebt und ich denke auch, Sie gestatten mir jetzt auch ehrlich zu sein, nie einleben wollen. Ich denke, daß Sie und Clara die Chance nutzen werden, woanders Fuß zu fassen. Es hat eben einfach nicht geklappt mit Clara. Sie ist ein sicher ganz reizendes, kleines, aber sehr eigenwilliges Mädchen. Sie sollten sie nicht so verwöhnen, Frau Reimann." "Clara ist verwöhnt?? Wie bitte?" empörte ich mich. "Ja, ich denke schon, daß sie ein kleines verzogenes Püppchen ist, die immer wieder ihren kleinen Lokkenkopf durchsetzen will. Man kann ihr da noch nicht mal böse sein, aber verstehen Sie, die anderen 30 Kinder stört das eben ." Dies sagte sie in einem so lächelnden Tonfall, daß es schon fast unhöflich wirkte und mich provozierte. "Wissen Sie, Frau Einzigartig," begann ich betont ruhig und ernst, "ich bin ganz sicher nicht die Mutter, die ihren eigenen Ehrgeiz auf ihr Kind überträgt. Ich finde sehr wohl, daß man Kindern

Grenzen zeigen muß. Ich bin auch nicht die Mutter, die ihrem Kind einen Heiligenschein aufsetzt, ich kenne meine Tochter und weiß um ihre Schwächen, allerdings unterscheide ich, und dies kritisch, was, aber vor allem wer, meinem Kind tatsächlich bei der eigenen Persönlichkeitsentwicklung dienlich und hilfreich sein kann. Mag sein, daß SIE den Kindern schulisch viel beibringen können, allerdings frage ich mich, ob sie den Psychologieteil während Ihres Pädagogikstudiums versäumt haben." Sie bekam rote Flecken am Hals und wurde nun noch freundlicher. "Ich bin mir nicht sicher, Frau Reimann, ob SIE das beurteilen können. Warten Sie erst mal ab, wenn Sie etwas älter sind, werden sie sicher zugeben, daß ich nicht ganz unrecht hatte." "Frau Einzigartig, wissen Sie, ich komme aus einer absoluten Pädagogenfamilie. Mein Opa war Dozent, meine Oma war Lehrerin und meine Mutter arbeitet noch heute mit mehrfach behinderten Kindern, allerdings wuchsen wir in einer anderen Gesellschaftsordnung auf und da gab es diese Willkür an den Schulen und im Lehrplan nicht. Ich kann sehr wohl diese Dinge beurteilen, denn wie sie selber schon feststellten, ist meine eigene Schulzeit noch nicht so lange vorbei. Damals arbeitete man Hand in Hand mit den Eltern, bei Ihnen allerdings komme ich nicht umhin zu glauben, daß sie Hand in Hand mit bestimmten Eltern gegen bestimmte Eltern arbeiten." Ihr Lächeln war verschwunden. Sie begann langsam und sich mehrfach räuspernd: "Äh, ich kann mir vorstellen, worauf Sie hinauswollen. Glauben Sie mir, ich habe immer gesagt, daß Sie und Clara kein Fall für das Jugendamt sind, daß dies völlig abwegig ist. Aber was sollte ich machen. Einige Eltern allerdings meinten, daß es das Beste im Sinne von Clara sei." Da kann man doch mal sehen, an die Jugendamtgeschichte hatte ich gar nicht mehr gedacht. "Frau

Einzigartig, haben sie Kinder?" fragte ich grinsend. "Nein, leider nicht." "Eine sehr kluge Entscheidung. Auf Wiedersehen." Mir zitterten die Beine beim Hinausgehen. So, daß war ein guter Abgang, dachte ich mir damals. Was soll`s Caro, diese Leute siehst du nieeeeee wieder!

Raimund war in der Zwischenzeit bei mir geblieben und hatte gekocht. Er las die ganze Zeit in einem dicken Wälzer von irgendeinem Motivations-Guru. Was ihm wichtig erschien, strich er sich mit Phosphorstiften an. Er machte mich manchmal wahnsinnig mit diesem Hokuspokus. Oft sagte ich ihm, daß das beste Motivationsbuch doch nichts nützt, wenn der Kunde mal definitiv kein Interesse hat. Er glaubte daran, daß es nur die Strategie ist, auf die es ankommt. Jedenfalls hatte er sich vorgenommen, mittels dieses Buches, seine eigenen Grenzen zu erreichen und diese nur durch Willenskraft und Übung zu überschreiten. Dazu kaufte er sich drei kunterbunte Jonglierbälle aus Leder, die innen mit Reis gefüllt waren. Den ganzen Tag sprang er mit diesen drei Bällen um mich rum, balancierte auf einem Bein und versuchte, natürlich vergeblich, die Bälle zu fangen. Es entstand eine derartige Unruhe dadurch, weil nun auch Clara anfing, ihm mit Apfelsinen nachzueifern. Er machte mich wahnsinnig. Es wäre ja noch gegangen, wenn dies alles tonlos passierte, aber die Bälle knallten auf den Fliesenboden und bei jedem Aufknall befahl er sich selber: *"Du schaffst das, weil du gut bist. Ich schaffe es."* Ich kam mir vor, wie im Irrenhaus. Stundenlang "trainierte" er und sein Ziel waren am Ende nicht drei, sondern fünf Bälle! Ich kam nicht umhin, ihn auszulachen und fragte ihn, wann er sich einen Einteiler anziehen werde und ein Seil im Wohnzimmer spannen wird. Ich sagte ihm, daß es doch super wäre, wenn er sich beim Zirkus nun ein zweites Standbein aufbaue. Er reagierte äußerst sarkastisch und gereizt. Dieses blöde Jonglieren brach einen derartigen Streit vom Zaume, so von jetzt auf gleich. Er fuhr mich an: "Warum, sag mir warum, fühle ich mich bei dir so minderwertig? Warum habe ich immer das Gefühl, daß ich dir nicht gewachsen bin? Warum habe ich so wenig Selbstwertgefühl bei dir?" er sprang auf und warf die Bälle in den Mülleimer. Das war Claras Augenblick. Sofort angelte sie sich die Bälle und nun war sie es, die jonglierte. Ich wurde böse, denn Clara bekam wieder einmal diese neurotische Diskussion mit. Ich schickte sie in ihr Zimmer. Als ich zurückkam sagte ich: "Weißt du Schatz, ich glaube nicht, daß du irgendwo minderwertig bist, aber du benimmst dich oft so. Ich kann doch nun weiß Gott nichts dafür, daß du mit deinen schlechten Erfahrungen in der Vergangenheit nicht umgehen kannst." Damit verließ ich summend das Zimmer. Er stürmte hinaus an mir vorbei, holte seine Tasche, packte sie hysterisch ein und fing lauthals an zu lachen dabei und schüttelte immer wieder den Kopf. Lachend schimpfte er vor sich hin - immer wieder die gleichen Worte: "Nee, nee, das ist alles nicht wahr! Das ist verrückt. Das ist wirklich verrückt...." Mir reichte es und ich stellte mich wortlos in den Türrahmen und sagte betont locker: "Nein, Liebes, nicht DAS ist verrückt, sondern DU!" Er baute sich vor mir auf und rang nach Luft. Er war hochrot im Gesicht und sein fast halblanges Haar hing ihm in die Stirn. Er kniff die Augen zusammen und zischte durch die Zähne: "Du reizt mich bis aufs Blut! Du gibst mir das Gefühl, der letzte Dreck zu sein. Für dich bin ich doch nur eine Witzfigur! Ich bin nun mal nicht wie Veit! So perfekt und so durchdacht!" Das war neu. Ich hatte nie das Gefühl, daß er sich wegen Veit schlecht fühlen muß. Ich war erstaunt, daß er ihn als Konkurrenten sah. Ich sagte: "Zur Witzfigur machst du dich gerade eben selber." und ließ ihn stehen.

Ich ging zu Clara. Die Bälle knallten alle Sekunden auf den Boden. Ich sagte gespielt lächelnd: "Gib mir bitte sofort diese idiotischen Bälle. Ich möchte nicht mehr, daß du mit denen hier rumwirfst." Ich ging in den Schrank und suchte ihre eigenen Spielbälle. Draußen hörte ich die Türe knallen. Raimund war offensichtlich gegangen. Ich rannte ins Schlafzimmer. Tatsächlich. Er hatte alle Sachen gepackt und war weg. Ich rannte ihm hinterher und rief im Treppenhaus nach ihm. Er zögerte und bewegte sich nicht. Ich rief erneut. Ich bettelte und sagte ihm, er möge wieder hochkommen. Er kam nicht gleich. Als ich die Türe schließen wollte hörte ich, wie er die Treppen hinauflief. Die Tasche hatte er unten gelassen. Oben angekommen lächelte ich mein bezauberndstes Lächeln und sagte oberlehrerhaft: "Erstens hast du dich nicht ordentlich verabschiedet und zweitens hast du was vergessen." Mit diesen Worten warf ich ihm die drei Jonglierbälle entgegen, ließ ihn stehen und verschloß hinter mir die Tür. Als er weg war, fühlte ich mich unendlich erleichtert. Soll er doch fahren. Dieses elende Theater. Ich hatte keine Kraft mehr, ihn aus seinen schwarzen Löchern zu ziehen. Wahrscheinlich beschallt er sich im Auto gerade wieder mit irgendeiner Meditationskassette und redet sich ein, daß es alles gut ist, wie es ist. Ich lag schon im Bett, als es an der Tür klingelte. Ich öffnete die Türe, als ich sah, daß Raimund vor der Tür stand. Ich muß zugeben, ich habe kurz überlegt, ob ich es machen soll. Er blickte mich an wie ein Dackel. Er stand einfach nur da und starrte mich an. Ich fragte: "Noch was vergessen?" Müde antwortete er: "Darf ich reinkommen?" "Wozu? Hat die Tankstelle schon geschlossen und du kommst nicht weiter?" *Ich muß erwähnen, daß Raimund immer tankte, bevor er wieder nach Hause fuhr.* Plötzlich tat er mir leid. Ich trat einen Schritt zurück und ließ ihn durch. Wortlos ging er ins

Schlafzimmer und lehnte sich gegen die frisch gestrichene Wand. Er starrte auf den Boden. Was sollte ich tun? Ich legte mich wieder ins Bett und sagte kein Wort. Plötzlich ließ er sich an der Wand hinuntergleiten, was blieb, war ein dicker blauer Streifen von seiner Jeans an der Tapete. Das machte mich schon wieder wütend. Die *schöne* Tapete! Er hatte die Wände ja nicht erst streichen müssen! So hockte er vor dieser Wand und hielt sein Gesicht in beiden Händen. Er wimmerte leise vor sich hin. Ich stand auf und nahm ihn in die Arme. Ich redete ihm zu und sagte, daß er dringend eine Therapie brauche. Es war mir ernst. Ich sagte ihm, daß ich es nicht mehr schaffe, ihn immer wieder aufzubauen und von sich zu überzeugen. Ich schlug ihm vor, gemeinsam mit ihm zur Therapie zu gehen. Er reagierte nicht. Er wippte mit dem Oberkörper. Ich schaltete das Licht aus und legte mich wieder ins Bett. Ich bat ihn, dies auch zu tun. Er tat es nicht. Er saß wippend die ganze Nacht in dieser Ecke und starrte zu Boden. Als ich am nächsten Morgen erwachte, war die Ecke leer. Nur der blaue Streifen war ersichtlich. Ich ging in die Küche. Dort roch es bereits nach Kaffee und Raimund stand freudestrahlend mit Clara am Herd. Der Tisch war gedeckt, er kam auf mich zu und gab mir einen Kuß und fragte mich, ob ich gut geschlafen habe. Wir haben über diesen Vorfall vom Vortag nie mehr geredet.

Er blieb dann noch zwei Tage und mußte anschließend zu einem wichtigen Seminar. Er fuhr direkt von mir aus dahin. Wir vereinbarten, daß er mich, sobald er wieder daheim ist - also zweieinhalb Tage später - anruft, da er nicht wußte, wie es mit den Abendterminen liefe usw. Er sagte, ich solle mich nicht verrückt machen, er versuche auf jeden Fall irgendwie zwischendurch anzurufen. Ansonsten eben dann von zu Hause aus erst.

Er rief tatsächlich nicht an, dafür schrieb er mir einen Brief:

Mein liebes Miststück,
der 20:00 Uhr-Termin ist ausgefallen. Das Hotel ist wunderschön. Eins haben alle Hotels aber gemeinsam - sie würden durch Deine Anwesenheit um einiges gewinnen. Schatz, auch wenn die Situation letzte Woche so absurd war und so weh tat, es ist ein wunderbares Gefühl, Deine Gedanken bei mir zu wissen. Diese Standleitung, die Gedanken und Liebe befördert. Trotz aller Aufgaben, die noch vor uns liegen, fühle ich mich stark mit Dir. Sicher, es befindet sich ein weites Feld zwischen der Euphorie, die einfach da ist - wunderbar, und dem Alltag. Aber auch dieses weite Feld läßt sich ausfüllen, mit den alltäglichen Freuden. Manchmal gewinne ich den Eindruck, daß wir von "Kick zu Kick" hetzen. Immer auf der Suche nach unserem besten Drehbuch. Das Leben wird uns wohl lehren, daß es nicht so ist. Der tägliche Wahnsinn, Haut spüren, Zuneigung zeigen, daß das Antippen kein Problem ist. Zusammen essen und trinken, sich lieb haben und lieben. Aneinander denken, im falschen Augenblick. Ich glaube, ich kenne Dich schon ewig. Ich sehe Dich mir gegenüber sitzen. Die Situation ist ganz normal. Wir sehen uns an. Die Welt bricht nicht zusammen. Und trotzdem: Was übertrifft freiwillige Gemeinsamkeit?
Schwäne sterben, wenn ihr Lebenspartner stirbt.
Meine Kraft und Kreativität, viele meiner Energien leben vom Kurzschluß mit Deiner Energie.
Meine Vergangenheit lasse ich los - ohne Zorn. Meine Zukunft erwarte ich. Die Gegenwart, die einzige wirkliche Lebensform, sagt mir: Freue Dich.

Und ich freue mich auf jede Gegenwart mit Dir und Clara.

Du schwimmst in meiner Liebe.

Raimund

An dem Abend, wo er wieder zu Hause sein wollte, versuchte ich ihn sofort telefonisch zu erreichen. In sechs Wochen wollte ich mit Clara zu ihm ziehen. Hier hatte ich alles aufgegeben. Zwischenzeitlich zermürbende Gespräche mit Veit geführt. Wir litten beide. Teilweise waren schon die Kisten gepackt. Ich erreichte Raimund nicht am Telefon. Ich versuchte es bis spät in die Nacht. Nichts. Ich machte mir Sorgen. Ich rief im Hotel an. Dort sagte man mir, er habe mittags ganz normal ausgecheckt. Sein Anrufbeantworter sprang nicht an. Er war nicht zu Hause. Stündlich wachte ich nachts auf und versuchte, ihn zu erreichen. Nichts. Früh am Morgen rief ich bei seinen Eltern an. Sie beruhigten mich. Er wäre ganz kurz bei ihnen gewesen. Er habe wohl viel zu tun. Ich versuchte es in der Firma. Er sei außer Haus unterwegs. Ich bat ihm auszurichten, daß er mich umgehend anrufen solle. Er rief nicht an. Er rief die nächsten drei Wochen nicht an. Ich wollte zu ihm fahren, konnte aber nicht, da Clara Schule hatte. Ich schrieb ihm Briefe und Faxe. Er reagierte nicht. Die Zeit verging und wir hingen förmlich in der Luft. Die Wohnung gekündigt, die Schule abgemeldet. Weihnachten stand in fast drei Wochen vor der Tür und unser Umzug!? Ich versuchte alles, ihn zu erreichen. Unter falschem Namen und Angabe einer Firma, erwischte ich ihn dann doch im Büro, seine Sekretärin war nicht da und irgendeine Assistentin stellte das Gespräch durch. Sichtlich gut gelaunt meldete er sich, ich hörte noch, wie er mit jemanden im Büro lachte, bevor er seinen Namen nannte. Es brach alles aus mir heraus. Die Fragen, die Ängste und das WARUM, welches sein Verhalten rechtfertigte. Er klang geschäftlich und bat mich darum, mich am Abend zurück zu rufen, da es gerade ungünstig sei. Ich ließ mich nicht darauf ein. Ich schrie ihn an und bat um Aufklärung und zwar sofort. Er blieb am Telefon, sagte aber nichts. Ich stellte tausend Fragen, er beantwortete mir nicht eine. "Was ist los? Rede mit mir! Das bist du mir und uns schuldig. Ist etwas passiert, wovon ich nichts weiß? Ich sitze hier auf gepackten Koffern mit Clara...." Er holte Luft und sagte: "Ich möchte nicht, daß IHR zu mir zieht!" er fing an zu weinen. "DAS sagst du mir jetzt erst? Seit wann weißt du das denn schon, daß du das nicht willst? Hätte ich dich nicht angerufen, wüßte ich es bis jetzt noch nicht. Du Schwein. Du elendes Charakterschwein!" Ich war außer mir. Der Boden ging unter mir weg. Ich wußte, daß es diesmal anders war. Es war sein Tonfall in der Stimme. Ich rang nach Luft. Ich weinte und schrie, ich bebte und zitterte. "Was soll denn jetzt aus uns werden? Ich habe Verantwortung für einen kleinen Menschen, verdammt nochmal. Das kann ich dem Kind nicht antun! Sie hat eh´ schon genug mitmachen müssen die letzten zweieinhalb Jahre!" Er weinte ununterbrochen und bat mich, das Gespräch zu beenden, da ihm hundeelend sei. "Das hast du dir gedacht, daß du jetzt hier einfach so aus der Nummer rauskommst. Du bleibst dran und hörst dir an, was ich dir zu sagen habe. Nenne mir einen einzigen Grund, der mich überzeugt, dann lege ich sofort auf. Was ist mit dem Brief, den du mir geschrieben hast. Nur zwei Tage später ist dies alles nicht mehr wahr? Willst du mir das erzählen, es sei denn, du warst unter Drogen oder betrunken dabei." Ich hörte, wie er schluckte. Vielleicht erbrach er sich gleich. Ersticken soll er dran! Er bat mich, wieder aufzulegen. Ich fragte ihn, ob er mich denn nicht mehr liebe. So schnell kann doch dieses Gefühl nicht verschwinden, nicht nach solch einer schriftlichen Offenbarung. Er antwortete nicht. Ich fragte ihn: "Oder ist da jemand anderes?" Zögerlich sagte er: "Ich weiß es nicht." "Was heißt hier, du weißt es nicht!" mir wurde heiß und kalt. Hätte er vor mir gestanden, ich schwöre, ich hätte ihn erledigt. Ich kann durchaus verstehen, daß es immer wieder zu solchen Familiendramen kommt, daß Menschen, die labiler sind, dann komplett die Nerven verlieren. "Ich habe keine Beziehung oder so was..!" fuhr er fort. "Seit wann verarschst du uns hier eigentlich schon?" Mir fielen auf einmal so viele kleine Dinge wieder ein, die mich nicht stutzig machten, aber mir ein gewisses Unbehagen einflößten. Die schlimmsten Visionen zogen vor meinem geistigen Auge ab. "Caroline, mache es doch nicht noch schwerer, als es eigentlich schon ist. Bitte!!" Ich brach zusammen. Nun saß ich da, an die Wand gelehnt, so wie zuletzt er. Ich weinte und konnte mich nicht beruhigen. Ich hatte Angst vor der Zukunft. Ich stammelte: "Wo soll ich denn jetzt hin mit Clara. Ich bin doch völlig alleine ohne DICH." "Ach, du bist doch nicht allein. Du hast doch Clara und... außerdem NOCH Veit..." Das war zuviel. Ich hatte mich genug erniedrigt, bin zu Kreuze gekrochen für diesen Mann. Ich schrie in den Hörer: "Du hattest recht. Du fühlst dich nicht nur wie der letzte Dreck, du bist der letzte Dreck. Feige und hochgradig gestört. Du bist ein ganz armer, hirnrissiger Psychopath !" Ich wußte, daß dies nicht mein Niveau war, ich konnte aber nicht anders. Er meldete sich nicht wieder.

(Zu meinem großen Glück hatte mein Vermieter die Wohnung noch nicht wieder neu vermietet. Wir konnten also bleiben. Ich versuchte Clara in der Grundschule in eine andere Klasse zu geben. Dies war nicht möglich. Die Klassen waren voll. Sie wurde ihrer alten Klasse wieder zugeordnet. Am ersten Schultag brachte ich sie zur Schule. Sie hatte Angst. Ich auch. Frau Einzigartig kam uns entgegen und sagte: "Schön Clara, daß du doch bei uns bleibst." Sie sah mich an und sagte weiterhin: "Guten Morgen Frau Reimann." Sich lächelte. Ich lächelte verkrampft zurück und entgegnete: "Guten Morgen, tja, wir kennen uns ja bereits.")

Für mich war die Welt zusammengebrochen. Aus heutiger Sicht kann ich nicht mehr nachvollziehen, wie ich diese Zeit überstanden hatte. Ich war wochen- und monatelang nicht in der Lage, irgendetwas zu tun, was sinnvoll gewesen wäre. Es tat so sehr weh, daß mir manchmal früh vor lauter Schmerzen die Kraft fehlte, aufzustehen. Ich war wie paralysiert. Die Bilder, die Vergangenheit und der Schmerz, über diesen Verlust, ließen nicht nach. Ich fühlte einfach keine Befreiung. Die nicht enden wollenden Alpträume in der Nacht, das Warten, dieses immerwährende Warten auf ein Zeichen, einen Anruf, eine Erklärung vielleicht? Diese Hoffnung, daß ER wieder vor meiner Türe steht, einfach so, wie damals sooft. Ich schrieb nächtelang Briefe, ja ganze Romane, versuchte ihm dadurch näher zu sein. Die meisten dieser Zeilen schickte ich nicht ab. Ich mied die Plätze und die Orte, die wir gemeinsam aufsuchten. Es war eigentlich unmöglich, denn er war mit meinem Alltag viel zu sehr verwachsen. Ich fand nicht mehr zu mir zurück. Es war mir teilweise sogar unmöglich, in meinem Bett zu schlafen. Die Erinnerung an die gemeinsamen Nächte dort - ich hatte mich und dieses übermächtige Gefühl nicht im Griff. Es war ein Tauziehen zwischen Haß, Liebe und Schmerz. Er war mein erster und mein letzter Gedanke. Er war Bestandteil meiner Träume, die stets mit der Frage endeten: *WARUM?*

Ich dachte, die beste Eigentherapie sei es, mich den Dingen zu stellen, mich mit ihnen auseinanderzusetzen, mich damit bewußt zu konfrontieren. Ich konnte mich überwinden und rief ihn an. Eine Frau mit rollendem "r" und gar glücklicher Stimme meldete sich: "Brrrauerrrr?" Mir blieb der Atem stehen. Sollte er tatsächlich? Nein, das konnte unmöglich sein! Sie kann doch nicht *zufällig* so heißen wie er? Eine kurze Zeit lang, einen Bruchteil einer Sekunde dachte ich, daß er wieder mit seiner Ex-Frau zusammen ist, das wäre mir von all den Möglichkeiten noch die Liebste gewesen. *Unsere* Trennung lag gerade zwei Monate zurück. Er konnte doch nicht so schnell geheiratet haben!? "Ich möchte den Raimund sprechen" gelang es mir zu sagen. "Sicher, einen kleinen Moment bitte, ich stell nach oben durch zu ihm." Häää? Nach oben durchstellen? Wie geht denn das? Wo ist denn `oben` bitte schön? War er umgezogen und hatte seine Telefonnummer mitgenommen? Beschwingt und dynamisch meldete er sich: "Ja, Raimund Brauer hier." "Ja Raimund, grüß dich, ich bin es, Caroline. Ich würde gern mit dir was besprechen." Mein Gesicht glühte, mein Magen meldete sich. "Du Caroline, daran habe ich kein Interesse!" Eiskalt! "Also, alles Gute und Servus." Er legte auf. Es hatte mich meinen ganzen Mut gekostet, ich habe tagelang überlegt und es dann schweren Herzens getan und jetzt servierte er mich einfach so ab. Je mehr er mich demütigte, desto größer wurde mein Bedürfnis, es immer wieder zu versuchen. Nun war das Maß voll. Meine Trauer verschwand und wandelte sich um in Haß und Wut. Ich schrieb ihm einen Brief. Ich nahm keine Rücksicht auf die Etikette, blind vor Wut, machte ich mir Luft. Ich wußte genau, wo seine schwächsten Stellen waren. Ich war sehr bemüht, diese zu treffen. Es gelang. Er rief mich daraufhin zurück. Es war ein langes Gespräch. Er war wie immer - fast -. Nur seine Stimme war nicht mehr so hingebungsvoll. Ich schöpfte große Hoffnungen. Er erzählte mir, daß es ihm auch sehr elend ginge, sein Verstand allerdings im Moment überwiege. Er hatte schon wieder den Job gewechselt und sei in der Umbruchphase. Er sei zufrieden mit seinem Leben momentan. Einige Tage später erhielt ich einen Brief von ihm:

Liebe Caroline,

gerade haben wir telefoniert.

Ich fürchte, es war ein großer Fehler, daß wir in diesen Tagen noch einmal telefoniert haben.

Möglicherweise sind Wunden aufgebrochen, die schon fast verheilt waren!??

Caroline, seit einigen Monaten bin ich mit einer Frau zusammen, die ich sehr, sehr liebe. Wir werden in Kürze eine gemeinsame Wohnung beziehen und unsere Zukunft gemeinsam gestalten.

Wir beide, Du und ich, wir hatten eine gemeinsame Zeit, die von sehr schönen, tiefen Gefühlen der Liebe (Hörigkeit ?) geprägt war. Gleichsam haben sich in mir Gefühle des "nicht genügens", der Minderwertigkeit und einer eigenartigen Trauer festgefressen. Die Summe dieser Gemütsbewegungen war schlußendlich Auslöser dafür, daß ich diese Beziehung nicht mehr wollte. Die negativen Emotionen überwogen. Nach wie vor bin ich der Überzeugung, daß diese Entscheidung richtig war. Ich bedauere lediglich etwas den Zeitpunkt. Diesen Entschluß ein Jahr früher getroffen, hätte uns einiges erspart.

Du kennst mich gut genug, um zu wissen, daß meine Entscheidung steht und daß ich sie nach wie vor trage. Gebe Dir und mir genügend Raum, um unsere Leben zu leben.

Es nutzt niemandem, Vergangenheit wieder aufzubereiten. Ich möchte das Schöne in schöner Erinnerung behalten.

Lebe wohl! Raimund

Es war sinnlos. Nach diesen Zeilen fühlte ich mich nun noch schlechter. Was heißt hier, er ist *seit Monaten* mit einer Frau zusammen? Hatte er parallel zwei Beziehungen? Wie sollte das denn gehen? Wann hatte er denn Zeit dazu? Mir fielen dazu automatisch wieder diese kleinen, versteckten Zeichen ein, auf die mein Bauch und mein Gespür mich manchmal hinwiesen. Da war zum Beispiel - vor ungefähr fünf Monaten - die Sache mit dem Aidstest. Raimund konsultierte einmal jährlich seinen Hausarzt, um sich routinemäßig untersuchen zu lassen. Er war eigentlich kerngesund. Später fand ich bei ihm in seiner Schreibtischablage ein Formular. Es war das Ergebnis seines negativen Testes. Ich war erschrocken und fragte mich, was der Auslöser war, solch einen Test - zu diesem Zeitpunkt - zu machen. Natürlich ist mir klar, daß in der heutigen Zeit dies nichts Anormales ist, dennoch war ich beunruhigt. Er reagierte auch irgendwie seltsam, als ich ihn daraufhin ansprach. Er meinte, sein Arzt habe ihm dies vorgeschlagen. Er nahm mich in die Arme und sagte, jetzt, wo er die Kinderwiege gefunden habe, sei ja nicht auszuschließen, daß darin mal *unser* gemeinsames Kind läge. Da wäre es doch schön zu wissen, daß dem im Vorfeld nichts im Wege stehe. Damit waren alle Zweifel ausgeräumt. Wer weiß, vielleicht hatte damals eben diese Frau einen solchen Test gefordert? WER war / ist diese Frau, die es schaffte, daß er nach nur zwei Monaten diesen Entschluß faßte?

Ich begann zu recherchieren. Ich ließ einen meiner damaligen Kollegen bei Raimund anrufen, zu einem Zeitpunkt, zu dem ich hoffte, daß er nicht zu Hause ist. Klaus, ein "alter Hase" aus der Verkäuferszene, wollte ein Gespräch improvisieren, für den Fall, daß Raimunds Partnerin ans Telefon ging, um einige persönliche Angaben von ihr zu bekommen. Sicher gehend, daß nicht zufällig Raimund hinter ihr stand, rief er vorher bei ihm in der Firma an, unter irgendeinem Vorwand. Man sagte ihm, daß Herr Brauer sich in einer Besprechung befinde. Gut so! Klaus wählte also die Nummer und die "Dame" meldete sich wieder mit Raimunds Namen. Er erzählte was vom Amt für Wirtschaftsuntersuchungen und Statistik, er quasselte sie derartig voll, daß sie einfach nur brav antwortete. Es ginge hierbei um eine statistische Untersuchung der privaten Haushalte, die Anzahl der Kinder, Familienstand und Durchschnittsalter sowie Tätigkeitsbereiche. Frau "Brauer" sagte ihm, daß sie kurz vor der Hochzeit stehe, kinderlos sei, ihr "Mann" - ihr zukünftiger Mann - selbständig ist. Sie seien ein Jahrgang und würden sich schon eine Ewigkeit kennen. - Ich saß daneben und hörte über Lautsprecher alles mit. Eiskalte und zittrige Hände hatte ich und rauchte eine Zigarette nach der anderen. Nein, was ist die doch blöd! Saublöd! Erzählt einem wildfremden Mann am Telefon ihre ganze Biographie. Ich triumphierte. Allerdings nicht lange. - Klaus fragte sie, ob sie berufstätig sei und wenn ja, Vollzeit / Teilzeit oder auch Selbständigkeit. (Die Vermutung, daß es eine Mitarbeiterin von Raimund war, lag ja nah.) Sie flötete mit rollendem "r" in den Hörer, daß sie zwei Tage frei habe. Sie liebe ihren Job sehr. Sie sagte, sie sei Flugbegleiterin und fliege in drei Tagen nach Bangkok.

Aufstieg und Fall

Ich versuchte, am Leben wieder teilzuhaben. Dieser Zustand konnte ja schließlich nicht anhalten. Wir unternahmen wieder einige Dinge mit Veit. Er rief mich täglich an. Oft kam er zu uns und wir aßen alle zusammen. Einkaufen fuhren wir ohnehin zusammen, da wir uns den PKW nach wie vor teilten. Er war ein Freund - ein guter Freund. Nähe konnte ich nicht zulassen, er versuchte es auch gar nicht. Ich war ihm dankbar dafür. Er hielt sich im Hintergrund und dennoch war er vordergründig immer anwesend. Nach und nach richtete ich die Wohnung nach meinen Vorstellungen ein und fühlte mich nun langsam auch heimisch. Ich veränderte mein Äußeres. Ich wollte alles verdrängen, was mich an Raimund erinnerte oder was er an mir vorher liebte. Ich nahm einige Kilo ab und ließ mir die Haare abschneiden. Ich kleidete mich anders, benutzte andere Düfte. Die Veränderung war nur äußerlich. Innen fühlte ich mich zerrissen und abgegriffen. Meine Energie und meine Gefühlswahrnehmungen waren verbraucht. Die Wut und der Schmerz verflüchtigten sich, was blieb, war diese unsagbare Leere. Ich las in dieser Zeit viele Bücher. Ich begann, zu schreiben. So schön diese Tätigkeiten auch waren, sie machten einsam. Ich zog mich mehr und mehr in mich selber zurück. Ich funktionierte einfach irgendwie, gerade gut genug, daß es ausreichte, meinen Pflichten als Mutter nachzukommen. Mein Männerbild war zerrüttet. Die Achtung hatte ich längst verloren. Alle Männer waren aus meiner Sicht "Patienten". Ich belächelte geringschätzend ihr erbärmliches Balzverhalten. Sie sind doch so armselig. Außer Veit natürlich.

132

Ich telefonierte nach wie vor, nun aber nicht mehr nur für Fritz, sondern noch für zwei andere Kollegen aus seiner Firma. Es war nicht mehr zu schaffen. Meine Erfolgsquote bei der Terminlegung war sehr gut, dennoch. Von zehn angerufenen Kunden, - wenn ich denn jemanden erreichte - war es mir möglich, neun Termine zu legen. Es war sehr anstrengend. Einer dieser Kollegen, Herr Wolfram, wechselte dann das Unternehmen. Kurz darauf meldete sich der Chef eben dieser Firma bei mir. Sein Name sei Profitlich, von der Firma Extra-Korrupt KG. Er habe von Herrn Wolfram gehört, daß ich eine geniale Telefonistin sei und nun überlege man in der Firma, die Terminlegung nicht mehr vom Verkäufer selber machen zu lassen. Dies würde dem Verkäufer Zeit lassen, sich auf das Wesentliche, nämlich die Termine vor Ort und die Abschlüsse zu konzentrieren. Er sei unglaublich neugierig und meinte, daß er mich gerne mal persönlich kennenlernen wolle. Er finde die Idee und das Konzept gut und bot mir an, die gleiche Tätigkeit in seiner Firma, verbunden mit einem geringen Festgehalt zuzüglich der Terminbezahlung vom Verkäufer, zu zahlen. Ich würde auch mein eigenes Büro bekommen. Ich sagte den vorgeschlagenen Gesprächstermin zu. Die Firma befand sich allerdings ca. sechzig Kilometer von mir entfernt.

Am nächsten Tag fuhr ich zum Gespräch. Ein junger, dynamischer Mann mit festem Händedruck begrüßte mich und stellte sich vor. Es war der Geschäftsführer Herr Profitlich. Er war so *positiv* und automatisch entstanden bei mir wieder die alten Muster. Ich war freundlich, aber distanziert. Er fragte mich, wie ich mir eine Zusammenarbeit, sollte ich diese überhaupt anstreben, denn so vorstelle. - Ich dachte an Raimund. Wenn er auch sonst nicht sonderlich alltagstauglich war, in seinem Job war er sehr gut. Ich habe viel von ihm lernen können. Ich stellte mir vor, wie er wohl auf diese Frage antworten würde. Er sagte oft zu mir: "Caro, du glaubst gar nicht, wie wichtig der Satzbau ist. Lasse dir nie im Gespräch die Wortführung aus den Händen nehmen. Wenn das passiert, kippt das Gespräch und du hast keine Chance. Achte auf die Körpersprache, in allen Situationen. Die verrät dir so viel, mehr als die vermeintlichen Aussagen. Schweige im richtigen Moment, sei ein guter Zuhörer, aber verliere nie dein Ziel aus den Augen. Knappe Aussagen, Caro. Sätze mit Inhalt. Verzettel dich nicht. Definiere ganz klar dein Vorhaben und deine Wünsche. Treffe wichtige Entscheidungen im Job nie direkt nach einem Gespräch. Bitte immer um Bedenkzeit. Damit machst du dich interessanter. Achte auf die Schuhe deines Gegenüber, vielleicht auch auf die Uhr. Bei Frauen auf die Qualität der Strümpfe, sollte sie welche tragen. Du glaubst gar nicht, was du da erfährst." Er hatte recht. Es läßt sich übertragen auf jede Art von Gespräch.-

Herr Profitlich saß milde lächelnd vor mir und wartete. Ich wußte zwar im Moment nicht genau, was ich wollte, aber was ich nicht will, das wußte ich sehr wohl. Damit begann ich. Wir einigten uns und er meinte: "Na dann, Frau Reimann, dann herzlich willkommen im Team."

"Herr Profitlich, ich freue mich, daß ich sie so schnell überzeugen konnte. Ich werde darüber nachdenken. Ich melde mich wieder, wenn ich mich entschieden habe." "Frau Reimann, da gibt's doch nichts zu überlegen! Schauen Sie sich unser Team doch an." Er zwinkerte mit einem Auge und lachte künstlich: "Sie wollen doch nicht behaupten, daß es dort, wo sie jetzt sind, besser ist als hier?!" "Wir verbleiben so, ich melde mich bei ihnen. Ja?" sagte ich. Er ließ nicht locker und meinte: "Na okay, dann gestatten Sie mir wenigstens, daß ich Sie *Ihren* Kollegen - Entschuldi-

gung - Ihren eventuell zukünftigen Kollegen, vorstelle?"
Wir begaben uns in die obere Etage. Und da waren sie alle
wieder, die "guten Jungs". Sie saßen zusammen im Schu-
lungsraum. Einige telefonierten, machten offensichtlich
Termine - oder versuchten es zumindest. Ich war die einzige Frau (außer der Sekretärin). Als wir den Raum betraten wurde es still. Herr Profitlich sagte: "Herrschaften, darf
ich ihnen *unsere* Frau Reimann vorstellen. Sie wird hier -
wenn sie es denn auch will, aber ich denke doch, daß sie es
will - oder Frau Reimann??..." Grinsen. "... die Telefonak-
quise und Terminlegung machen. Also meine Herren, wer
Schwierigkeiten hat, Kundentermine zu legen, Frau Reimann steht ihnen dann zur Verfügung." Das Händeschüt-
teln begann. Teilweise gelangweilt und ziemlich lässig kamen die Herren auf mich zugeschlendert, um sich bei mir
vorzustellen. Es war eine "Augenweite". Männer, die die
Welt nicht braucht! Na ja gut, einige waren ganz nett und
vernünftig auf den ersten Blick. Die Tür ging auf und ein
kleines, drahtiges und dickbebrilltes Männlein mit hekti-
schem Blick stürzte zu Tür herein. Unterm Arm trug er ein
tragbares Telefon. Ein riesiger Apparat. Ich kannte das von
Fritz. Die ersten Autotelefone waren auf dem Markt.
Ziemlich kostspielig. Das Männlein stürzte an uns vorbei
und knallte den Apparat auf den Tisch. Er schniefte und
war außer Atem. Herr Profitlich meinte: "Ah, Herr Baumgärtner, schön, daß sie gerade kommen. Darf ich Ihnen
Frau Reimann, unsere zukünftige "gute Fee" fürs Telefonieren vorstellen?" Das Männlein drehte sich hektisch zu
uns, sprang auf uns zu und sagte: "Or, daß is aber scheeen.
Endlich ma ä Rasseweib inner Bude. Nee, nüscht für ungut
Frau Reimann, das war nor ä kleener Scherz. Ich bin einfach immer guddd droff , daß muß mor hier ja och in der
Trääätmühle." Ich dachte: Oh, auch ein Ossi. Vertraute

Klänge in meinen Ohren. Herr Profitlich räusperte sich etwas und sagte mir zugewandt: "Herr Baumgärtner ist der Leiter vom Vertrieb. So schlimm ist er gar nicht. Hahahaha." Alle lachten. "Neee, wenn de mich erschtma besser kennst, ich bin eischentlüsch ä ganz lieeber Gerl. Nur wenn meine Gerle hier ni so funktschioniern wie se solln, träät ich denen ma kräftsch in den Arsch, dann loofen die wieder wie ne Eens."

Ich begann in der darauf folgenden Woche in der Firma. Es war ein schönes Gefühl. Ein eigenes Büro. Es lief wunderbar. Bald hatte ich so viele Anfragen von den Mitarbeitern, daß ich Herrn Profitlich - von seinen Mitarbeitern auch "liebevoll" Profi genannt - bat, meine Telefontätigkeit auszubauen und einige Damen einzustellen, die ich schulte und anlernte und die mit mir gemeinsam diese Tätigkeit machten. Dafür mußte natürlich das Konzept neu durchdacht werden, denn "Profi" konnte aus der Firmenkasse diese Damen nicht finanzieren. Das mache die Hauptverwaltung nicht mit. Jeder Verkäufer zahlte also pro Termin einen bestimmten Betrag. Sollte ein Abschluß aus einem unserer Termine entstehen, verpflichtete sich der Verkäufer, einen Prozentsatz der Provision an mich abzugeben, damit ich meine Mitarbeiterinnen bezahlen kann. Hatte der Verkäufer keinen Erfolg, mußte er nicht die einzelnen Termine zahlen, sondern pauschal eine Summe für diesen Service im Monat. Die Herrschaften waren begeistert von meiner Idee. Bald schon hatte ich acht Mitarbeiterinnen. Fünf davon schmissen relativ genervt bald das Handtuch. Sie hatten es sich einfacher vorgestellt. Es war schwierig, wirklich geeignete Kräfte zu finden. Außerdem wechselten die Außendienstmitarbeiter auch ständig. Klar, blieb der Erfolg aus, war kein Geld da. Hatte man(n) nichts verdient, konnte man(n) die Familie nicht unterhalten. Hatte man(n) nichts verdient, konnte man(n) auch die Telefonistin nicht bezahlen. Viele der Verkäufer waren danach meist unauffindbar. Ich beschränkte den Umfang auf ein Ausmaß, was für mich übersichtlich blieb. An Wochenenden fanden regelmäßig Seminare statt, wo Firmenanfänger geschult wurden. Ich arbeitete auch dort mit und half bei der Organisation der "Veranstaltung". Wir hatten oft viel Spaß und haben uns alle gut verstanden. Es war eine sehr schöne Zeit. Die neuen Verkäufer fragten mich dann in den ersten Wochen oft, ob sie sich mal mit dazu setzen dürften, wenn ich telefoniere, da sie es einfach nicht hinbekämen. Sie wollten es erst mal selber probieren und sich das Geld für die Telefonistin sparen. "Profi" meinte, daß ich nicht blöd sein soll. "Die schauen sich ihre Taktik und ihren Stil ab und machen dann ihre eigenen Termine, und Sie verdienen kein Geld." Ich war nun schon so lange dabei, all die Jahre, ich wußte, daß es nichts bringt, wenn man versucht, in diesem Geschäft jemanden zu kopieren. Es war dann nicht glaubwürdig. Ich gestattete die "Hörprobe", aber zu meinen Bedingungen. Nicht ich war diejenige, die telefonierte, sondern zunächst der Verkäufer. So konnte ich mir einen Überblick verschaffen, wer tatsächlich "meinem" Geschäft schädlich sein könnte und bei wem selbst Einzelschulungen nichts halfen. Letztendlich waren alle, die es erst mal alleine versuchten, doch in meinem Büro. Der Erfolg ließ mich aufblühen. Der Job lenkte mich ab. Ich hatte endlich Anerkennung und Bestätigung in beruflicher Hinsicht. Ich kam mit allen prächtig klar, ob meines Männerhasses, aber vielleicht gerade deshalb. Die einzigen Schwierigkeiten machte mir der Baumgärtner. Er war so anzüglich und distanzlos. Er nannte mich nicht beim Namen sondern immer nur "meine Schnegggge". Ich fragte ihn eines Tages, aus welcher Gegend er im Osten käme. Ich erzählte ihm,

137

daß auch ich dort geboren bin. Er stand vor mir und *stellte* sich dumm: "Isch bin nüsch ausm Osten. Ich lääbe schon ümmer in Castrop Rauxel. Wie gommste denne da droff? Sähe isch etwa so aus??" Ich lachte und meinte, er, der lustige "Gerl" nimmt sich eben gern selber auf die Schippe. Ihm schrie der Osten förmlich aus jeder Pore seines Körpers. Er wurde böse und sagte: "Weeste, Frau Reimann, isch bin beschdümmt ä gutmütscher Gerl, aber das is ja wohl de Höhe! Und sie sinn also eene von drieeben?" Er stand vor mir und schielte über seine Glasbausteine. Er war einen Kopf kleiner als ich und starrte mir ständig auf den Busen. Er kaute immer Kaugummi und war auch sonst recht "adrett" gekleidet. Seine Lieblingskombination bestand aus einer weinroten, weiten Buntfaltenhose (er sah darin aus wie der kleine Muck), einem bunten Hemd mit großen weinroten, hellblauen und grauen Mustern darauf, einem hübschen, schwarzen Lederschlips mit einer goldenen Krawattennadel und einem anders weinroten Zweireiher mit Goldknöpfen. Er hatte blondgefärbte Strähnen im Haar. Ich fragte mich, ob *so was* eigentlich erlaubt ist. Sein Anblick fiel eigentlich schon unter die Rubrik `seelische Grausamkeit`. "Sooo! Da sind Sie also ne kleeene Stasimaus. Na, das is ja inderessant." Eher war zu vermuten, daß er einst eine war. "Nu wenn das so is, da gann isch sie ja och mal was frachen!" Dabei nahm er seine Hände hoch, legte beide an jeweils eine Brust von mir und sagte schmatzend: "Sinn die etwa ääscht?" Ich überlegte kurz und sagte ganz ruhig: "Ich glaube, jetzt ist der Zeitpunkt gekommen, wo sie schon mal besser die Brille abnehmen.!" "Warumm? Haha. Ach, isch weeß, die stört beim gnutschn." Ich trat einen Schritt zurück, da konnte ich besser und kraftvoller Schwung holen. Ich holte aus und traf perfekt. Das Männlein flog in die Ecke und stolperte dabei über das Kabel des

Projektors. Danach nahm ich meine Flasche Wasser und schüttete sie ihm über sein Gesicht. "Und hier noch was zum Abkühlen, Herr Baumgärtner." Nach diesem Vorfall flog er aus der Firma. Wochen später stellte man fest, daß er sämtliches Adreßmaterial hatte mitgehen lassen sowie in seinem Schlepptau auch einige Mitarbeiter.

(Es ist erbärmlich, daß dieser Vorfall natürlich das typische Bild der "Ossis" im Westen unterstreicht. Dennoch denke ich, daß es hier wie da diese Verhaltensmuster gibt und es unabhängig von der einstigen Gesellschaftsordnung geschieht. Diese "Baumgärtners" gibt es auf der ganzen Welt, leider .)

Ich telefonierte nicht mehr nur, sondern gab Seminare für die Verkäufer. Ich war teilweise bis zu zehn Stunden in der Firma. Zu Hause mußte ich sehen, daß ich Clara nicht zu sehr vernachlässigte. Sie kam mittags aus der Schule. Einen Kinderhort oder eine Ganztagsbetreuung, so wir es damals gewohnt waren, gibt es hier in der Gegend leider nicht. Es ist, hat man sich als Frau erst für Kinder entschieden, äußerst schwierig, Beruf und Karriere, Haushalt und Kinder, zu vereinbaren. Sicher mag es sein, daß es in den Großstädten anders ist. Verwandtschaft haben wir hier auch keine, leider. Großeltern in der Nähe wären praktisch, können doch aber nicht generell die Lösung sein. Es ist doch ein Kreislauf. Als allein erziehende Mutter (oder Vater) muß man doch, will man nicht zum Sozialfall werden, sehen, daß man den Lebensunterhalt verdient. Geht man also arbeiten, bleiben die Probleme mit der Kinderversorgung. Bei allem, was damals im Osten schlecht war, bei allen Miseren und Engpässen, bei aller Einschränkung, dies war jedenfalls geregelt. Und nicht schlecht. Die Kinder erhielten eine warme Mahlzeit und die Hausaufgaben wurden überwacht. Das gab auch leistungsschwachen Kindern die Möglichkeit, am Nachmittag in kleinen Gruppen von den leistungsstärkeren Schülern zu lernen. Außerdem wurden sie sinnvoll beschäftigt, saßen also nicht stundenlang vorm Fernseher und lungerten auf der Straße herum. Es gab unheimlich viele Freizeitbeschäftigungen, die von den Schulen organisiert wurden - kostenlos. Ich denke, in der heutigen Zeit sollte es doch jeder Frau, ob allein erziehend oder nicht, ermöglicht werden, gleichberechtigt auch ihre Aufgaben außerhalb der Familie erledigen zu können. Nichts befriedigt doch zusätzlich mehr, als auch beruflicher Erfolg. Wer das nicht will, braucht es ja nicht zu machen, aber das Angebot sollte zumindest vorhanden sein. Heute erst, mehr als zehn Jahre nach der Wende, versuchen die zuständigen Institutionen, dieses Ostkonzept in den einzelnen alten Bundesländern zu übernehmen, ein Konzept, welches hier jahrelang als eine Art sozialistische Disziplinierung verschrien war. -

Was blieb mir also übrig? Ich schaute zu, daß ich für Clara für die vier Stunden am Nachmittag jemanden zur Kinderbetreuung fand, solange, bis Veit von der Arbeit kam. Eine junge Frau von gegenüber übernahm diese Aufgabe. Im Grunde ging es mir nur darum, daß Clara nach der Schule eine Anlaufstelle hatte, etwas aß und ihre Hausaufgaben machte. Andrea war sehr lieb. Sie hatte auch einen kleinen Sohn, er war fast drei und ihr fiel die Decke auf den Kopf. Ihr Mann arbeitete in Schichten. Es lief die ersten Wochen ganz gut. Billig war es ohnehin nicht, aber ich wollte keine großen Lücken entstehen lassen in meinem Werdegang, jetzt, wo ich doch wieder integriert war. Claras Verhalten veränderte sich sofort. Sie wurde frech und ein wenig aufsässig. Andrea lobte sie vor mir und sagte, daß alles super laufe und sie so pflegeleicht sei. Andreas Mann war ein komischer Kauz. Er hatte ein eingemeißeltes Lächeln im Gesicht , zumindest sah es immer so aus, als ob er lachte. Man wußte bei ihm nie, woran man war. Veit und ich nannten ihn heimlich die Grinsekatze. Einige Wochen später sprach eine Nachbarin mich an und erzählte mir, daß Clara den ganzen Nachmittag allein draußen wäre, bei Wind und Wetter. Sie habe auch letzte Woche bei ihr geklingelt und gefragt, ob sie bei ihr was essen könnte. Ich sprach Andrea darauf an. Sie fing an zu weinen und sagte, daß Dietmar immer verrückt wird, wenn er Nachtschicht hat und die Kinder in der Wohnung sind. Aus diesem Grunde auch ging Andrea stundenlang mit Marcel spazieren, weil sie es sich nicht traute, mit ihm in der Wohnung zu bleiben. Ich machte ihr klar, daß dies nicht gehe. Schließlich bezahle ich sie dafür und nun habe ich gar keine Ruhe mehr, wenn ich auf Arbeit bin. Sie sagte, sie werde mit Dietmar reden, schließlich sei er es ja auch, der will, daß das Geld ins Haus kommt. Ich hatte ein ungutes Gefühl. Immer wenn ich Dietmar sah, machte er so komische Bemerkungen, so als ob es ihm eigentlich nicht recht sei. Sprach ich ihn konkret darauf an, wehrte er ab. Die Grinsekatze war ein richtiger Prolet. Scheinbar hatte er nicht für drei Pfennige Verstand im Hirn. Andrea dagegen war eine äußerst liebenswerte einhundertfünfzig Kilo-Person und strahlte einfach nur Mütterlichkeit aus. Das war auch der Grund, daß ich vorerst alles so ließ, wie es war, da Clara die Grinsekatze ja nur 5 Tage im Monat sah. Diese eine Woche konnte ich auch in der Firma mal kürzer treten.

Wir hatten mittlerweile einen Kater. Er war ziemlich gestört. "Herr Egon" robbte auf dem Rükken liegend und sich mit den Hinterpfoten an der Wand abschiebend, im Rückwärtsgang durch die ganze Wohnung über die Fliesen. Er stand unter dem fließenden Wasserhahn und kam tropfend aus dem Spülbecken. Er war richtig dressiert.

Schmiß man Herrn Egon was in die Luft, rannte er hinterher und brachte es uns zurück. Er machte allerdings auch viel Bruch. Eines Abends hörte ich Clara im Zimmer schreien: "Mensch du blödes Vieh. Ich reiß` dir gleich den Arsch auf." Ich war entsetzt. Ich lief ins Zimmer und fragte Clara, was sie eben gesagt hat. "Nichts weiter Mama. Der blöde Herr Egon ist gerade quer über mein frisch gemaltes Bild gelaufen. Schau hier. Jetzt hat der bunte Pfoten. Selbst schuld." sie ärgerte sich. Ich fragte sie, woher sie den vorhin genannten Satz kennt. "Das sagt der Dietmar immer zum Marcel, wenn der an seine Play-Station geht." "Bist du dir sicher? Oder hast du das aus der Schule?" fragte ich, denn das ist ja nun wirklich das allerletzte Niveau. Nein, sie habe es von der Grinsekatze. Schweren Herzens gab ich umgehend meine Tätigkeit auf. Anfangs erledigte ich noch so manches von zu Hause aus, was sich aber dann auch verlief, weil es sich nicht rentierte. Ich sprach mit Andrea nicht über die wahren Gründe, deutete nur einiges an. Ich fand so schnell niemanden für Clara und wollte sie auch nicht ständig hin- und herschieben. Kurze Zeit später traf ich Andrea auf der Straße. Sie wechselte sofort die Straßenseite. Ich lief ihr hinterher, weil ich ihr sagen wollte, daß sie sich keine Vorwürfe machen braucht. Je schneller ich wurde, desto schneller wurde auch sie. Ich bat sie stehenzubleiben. Sie tat es, schaute mich aber nicht an. Ich lief um sie herum. Sie schaute zu Boden, so daß ihre langen Haare ihr ins Gesicht hingen. Langsam sah sie mich an. Ihr Gesicht war grün und blau. Sie lächelte verlegen und sagte: "Dietmar was sauer. Wir hätten das Geld doch so nötig gebraucht."

Nun war ich wieder *Hausfrau*. Ich trauerte meiner Tätigkeit nach und meiner wiedergewonnenen Unabhängigkeit. Veit begann nun, mich mit einer derartigen Vehemenz davon zu überzeugen, daß wir doch endlich wieder zusammenziehen könnten. Jeden Abend fragte er mich am Telefon, wann ich ihn denn nun endlich bei mir einziehen lasse. Er dachte damals, mein männerloses Leben sei doch ein eindeutiges Zeichen. Er sagte: "Sieh es mal so, die Typen hier, kannst du alle vergessen, zumindest die, die dir so vorschweben. Bei denen ist nur viel heiße Luft und nichts dahinter. Nimm mich, da weißt du, was du hast. Schau mal, ich mach doch keine Probleme." Ich lachte. Ich fragte ihn, wieso er sich in all den Monaten nicht nach einer anderen Frau umgesehen hatte. Er schaute mich ernst an. "Das ist ganz einfach." begann er. " Ich weiß eben, daß ich mich nur verschlechtern könnte." Ich überlegte hin und her. Sicher wäre es von Vorteil, wenn Veit und ich wieder zusammen leben würden, in vielerlei Hinsicht. Es ging nicht. Ich war nicht dazu bereit. Raimund war noch immer allgegenwärtig. Ich hatte wieder Zeit, über ihn nachzudenken. Die alten Schmerzen kamen plötzlich wieder. Es war nun fast ein Jahr vergangen und ich hatte nichts mehr von ihm gehört. Sicher, ich lebte mein Leben und Angebote gab es auch genug. Ich konnte nicht. Die Schmetterlinge hatten sich scheinbar für immer verabschiedet. Ich war viel unterwegs abends, mit Freundinnen und Bekannten. Wenn ich so sah, was der Männermarkt ausspuckte, wurde mir schlecht. Das Bedürfnis war auch einfach gar nicht vorhanden, einen neuen Partner zu suchen. Ich stellte es mir grausam vor, wenn ich plötzlich allabendlich jemanden auf dem Sofa neben mir sitzen hätte, der mir am Ohrläppchen rumknabbert. Natürlich gab es in den Großstädten Diskotheken mit Männern, wo ich mich fragte: *Wo sind die bloß tagsüber???* Ich bemerkte, daß ich einen ganz winzigen Stich bekam, begegnete mir der typische Raimund-Typ. Schönes Äußeres, strahlendes Lächeln, ein bißchen kompliziert, intelligent und kreativ und vor allem emotional nicht zugänglich. Also, diese Grundvoraussetzungen mußte er schon mitbringen. Es wäre mir nie in den Sinn gekommen, mich für einen Mann zu interessieren, der einfach gestrickt und unverbraucht und normal gewesen wäre. Da hätte ich ja nichts machen brauchen! Ich hätte doch dann keine Aufgabe! Wohin also mit meiner Energie? Nein, das ging wirklich nicht. *Zwei* Dinge konnte ich in meinem Leben bislang wirklich richtig gut: Ich kann sehr gut kochen. Und was ich noch besser beherrsche: *Alle* Fehler zweimal zu machen. Oder dreimal.....-

Nee, Caro, dann lieber ein bißchen leiden, als dieses Pseudo-Glück. Diese verlogene Harmonie. Diese Maggie- und Pampersfamilien, wo die immer zufriedene Zahnarztgattin vor ihrem Traumhaus steht, neben ihr der Van, der Hund tobt im Hintergrund im angelegten Zierteich und der liebe Ehemann kommt die Einfahrt vorgefahren und nimmt mit einem Ruck seine drei rotgelockten Kinder in den Arm und seine Frau ruft ihm schon lachend entgegen: `Liebling, wir haben dein Lieblingsgericht gekocht und tolle Salzteigfiguren gemacht und morgen töpfern wir einen hübschen Hundefreßnapf.` Und der Mann kommt dynamisch auf seine Frau zu und haucht im Vorbeigehen: ´Hm, du riechst gut Schatz.` Sie lächelt und zeigt ihre ultraweißen Zähne und sagt: `Ja Liebling, riecht das nicht einfach himmlisch? So nach Bergfrische und Frühlingsluft?` `Nein`, sagt der Mann, ´mich erinnert das eher an einen Ozean und Pinienwälder. Was ist es denn nun Schatz, wonach du so hinreisend duftest.?` `Es ist der neue Wannenreiniger, Liebling. Ach, zieh schnell dein Hemd aus, damit ich es gleich ultraleicht waschen kann.` Zwischenzeitlich kommt der verschlammte Hund ins Haus gewackelt und schüttelt sich auf dem weißen Fliesenboden, was natürlich auch lustig ist.... Nee, Caro, das gibt es hier, natürlich in abgeschwächter Form, genug. Das brauchst DU nicht.

Clara veränderte sich in den nächsten Wochen. Sie war oft unkonzentriert und unausgeglichen. Oft war sie sehr müde und klagte über Kopfschmerzen. Sie war unausstehlich. Ich fand über ein Inserat eine Teilzeitbeschäftigung als Sekretärin. Es war ein Familienunternehmen und der Chef ein Chaot. An Equipment war außer einer uralten Schreibmaschine nichts vorhanden. Ordner über Ordner stapelten sich in diesem winzigen Büro. Er sah selber nicht mehr durch. Seine Langzeitsekretärin war schwer erkrankt und lag im Krankenhaus. Sie ging auf die Rente zu, hatte dort schon ihre Lehre gemacht und arbeitete damals schon für seinen Vater. Es lief also seit ´zig Jahren alles im eingefahrenen Stil. Ich sah überhaupt keinen Anfang und hatte keinen Durchblick. Herr Meier war froh, daß ich einige Schreibarbeiten erledigen konnte und er überließ es mir, wie und wann. Ich konnte also auch am Wochenende arbeiten. Er zahlte sehr gut, war aber unausstehlich. Er war überall unbeliebt und lag mit jedem vor Gericht. Zudem war er cholerisch und hatte Asthma und ein Alkoholproblem. Diese Dreierkombination war nicht gerade von Vorteil. Er schrie ständig ins Telefon und vergraulte seine Kunden. Zu mir war er nett. Hatte er sich mal im Ton vertan, entschuldigte er sich. Mit der Zeit ging mir die Arbeit von der Hand. Er bereitete mir oft bis spät in die Nacht meine Aufgaben und Diktierbänder vor, so daß ich am nächsten Tag ausgelastet war. Oft sah ich ihn eine ganze Woche nicht. Hatte er einen schlechten Tag, konnte es passieren, daß er mir, gefiel ihm die Zeile, auf dem das Datum eingetragen war, nicht (*und dabei hielt ich mich strikt an die DIN-Regeln*), meine ganzen geschriebenen Briefe, teilweise an die dreißig Stück, einfach mit dickem Rotstift durchstrich. Er nahm sich dann ein Lineal und schrieb seine neuen Wünsche an den jeweiligen Rand. Oft waren es nur Millimeter. Er stattete das Büro mit einem PC aus, als Erleichterung für mich. Das war es auch, so konnte ich seine sich täglich ändernden Sonderwünsche leichter korrigieren. Es war mir im Grunde egal. Wenn seine Sekretärin wieder genesen ist, war es das dort für mich sowieso. Lange konnte es nicht dauern. Ich arbeitete auf Abruf. Meistens am Abend. Es war praktisch, allerdings konnte ich nichts planen. Rief er an, erwartete er, daß ich spätestens in einer Stunde im Büro erschien. War ich mal tagsüber nicht zu erreichen, war mein Anrufbeantworter an. Diesen besprach er oft fünfzehn mal, endlose Texte. Ich bat ihn, daß wir Zeiten vereinbarten. Mehr und mehr nahm die Anzahl der Stunden zu. Mir war es recht. Endlich hatte ich mein geregeltes Einkommen. Die Frage war nur wieder, wie lange. Die Sekretärin war nun doch länger im Krankenhaus, als ursprünglich angenommen. Anschließend sollte sie noch in Kur. Ich bat ihn, mir zumindest für diesen Zeitraum einen befristeten Arbeitsvertrag zu machen, damit ich endlich wieder Anspruch auf Arbeitslosengeld hatte. Er zog sich wie Naßholz. Es war Sommer und Clara hatte Ferien. Wir planten einen Urlaub zusammen. Ich informierte ihn darüber. Er sagte, daß es nicht ginge. Ich bestand auf diesen Urlaub, ich war ihm keine Rechenschaft schuldig. Er sagte, wenn ich auf den Urlaub verzichte, wäre er in vier Wochen bereit, mich fest einzustellen. Er wußte genau, daß ich auf das Geld angewiesen war. Dennoch. Ich ließ mich nicht darauf ein und fuhr in die Ferien. Ich leistete dort gute Arbeit, sprang nach seinem Willen, ertrug seine Exzesse und war flexibel nach seinem Zeitplan. Mittlerweile waren schon sechs Monate vergangen und ich hatte jedes Wochenende gearbeitet. Die Schule begann wieder und Frau Einzigartig rief mich an. Sie sagte, daß ich Clara doch abends eher ins Bett schicken solle, sie schliefe im Unterricht ein. Das konnte nicht sein. Clara war nun im vierten Schuljahr und lag allabendlich spätestens gegen sieben im Bett. Mir fiel auf, daß sie teilweise schon am Nachmittag schlief. Ich schob es auf die Hitze. Immer mehr klagte sie über Kopfschmerzen und Übelkeit. Ich lief mit ihr ständig zum Arzt. Die Kinderärztin, die auch Psychologin war, meinte, daß Clara ein kerngesundes Mädchen sei. Sie diagnostizierte, daß Clara meine Migräne geerbt habe. Es vergingen wieder einige Tage. Clara gefiel mir nicht. Ihre Augen waren anders. Sie sagte, daß sie teilweise nicht mehr richtig lesen könne, da sie nichts mehr sieht. Es sei alles so verschwommen. Ich ging mit ihr zum Augenarzt. Der fragte mich, ob mir nicht schon längst aufgefallen ist, daß Clara eine ganz schwache Sehkraft habe. Er verschrieb ihr eine furchtbar starke Brille. Dies erkläre auch die Kopfschmerzen und die Übelkeit. Es wurde nicht besser. Sie weinte vor Schmerzen. Manchmal schlug sie den Kopf gegen die Wand. Ich war völlig überfordert. Wieder bei der Kinderärztin, erzählte ich ihr von Claras Verhalten. Ich spürte, sie ist wirklich krank. Die kluge Psychotante sagte, daß Clara ganz schlau sei. Sie spürt, daß sie, aufgrund der Trennung von Veit, nun der Mittelpunkt sei in meinem Leben und auch im Leben meines Mannes. Sie wolle einfach nur Aufmerksamkeit und sich mit diesem Verhalten in den Mittelpunkt spielen. Sie meinte, daß es allerhöchste Eisenbahn sei, mit ihr eine Therapie zu beginnen. Es schien logisch. Durch Zufall merkte ich, daß Clara tagelang erhöhte Temperatur hatte. Nicht beängstigend, aber erhöht. Ich fuhr zu einem anderen Kinderarzt. Er beruhigte mich mit den Worten, daß es wahrscheinlich ein Infekt sei, der jetzt im Umlauf ist. Ich bat ihn, eine Blutkontrolle zu machen.

Dies sei unnötig, sagte er. Zwischendurch ging es Clara einige Tage wieder ganz gut. Herr Meier wurde nun leicht ungehalten, da ich keine Überstunden mehr machte, zumindest nicht in diesem Umfang. Er schien besorgt bezüglich Claras Zustand. Seine Frau rief mich an, nachdem sie von ihm erfahren hatte, welche Symptome Clara zeigte. Sie erzählte von einer Reportage im Radio, die sie kürzlich gehört hatte. Dabei ging es um Zeckenbisse und deren Folgen. Sie meinte, daß es sicher ganz unwahrscheinlich sei, daß es hier in der Gegend so was gibt, man beschränke sich auf das Vorkommen dieser Zecken auf andere Bundesländer, aber die ersten Anzeichen dieser Bisse seien identisch mit dem, was ihr Mann ihr von Clara erzählte. Nun gut, in Bayern waren wir zum Glück diesen Sommer nicht. Ich rief bei dem Radiosender an und erkundigte mich nach dem Arzt, der diesen Vortrag gehalten hatte. Eines muß ich wirklich erwähnen, die Leute vom Radio haben mir damals unheimlich geholfen. Sie riefen täglich an und erkundigten sich nach uns. Sie gaben mir Anlaufstellen von Virologen. Leider arbeiteten diese nur im Forschungsbereich. Der Zustand von Clara verschlechterte sich dramatisch. Sie sah nun fast nichts mehr, hatte Lähmungserscheinungen im Gesicht und am Körper untertassengroße rote Ränder auf der Haut. Sie hatte ständigen Durchfall und aß kaum noch. Ich rief unseren Hausarzt an. Die Praxis war geschlossen, wegen Urlaub. Ich erreichte ihn zu Hause. Ich erwähnte nur die Symptome. Er bat mich, umgehend mit Clara bei ihm vorbeizukommen. Er meinte, so wie ich ihm das alles schildere, hört es sich nach einem infektiösen Insektenstich an. Er untersuchte Clara und gab ihr vier Tabletten mit, mit dem Hinweis, direkt am Montag zur Kinderärztin zu fahren und einen Neuroborreliosetest machen zu lassen. *(Was auch immer das sein sollte.)* Die Kinderärztin

148

gab sich pikiert. So was habe sie in ihrer Praxis noch nie gehabt. Sie glaube nun wirklich nicht, daß Clara eine Hirnhautentzündung (Meningitis) habe, dafür sei sie viel zu lebendig. Sie echauffierte sich über die Tablettengabe meines Hausarztes. Sie finde es unverantwortlich, einem Kind solche Tabletten zu verordnen. *(Im Nachhinein danke ich unserem Hausarzt. Diese vier Tabletten haben, laut Aussage des späteren Stationsarztes, Clara das Leben gerettet.)* Genervt stimmte sie der Blutentnahme zu. Das Testergebnis wäre aber nicht vor Freitag da. Das waren noch fünf Tage. Ich hielt es kaum aus. Sah ich in Claras Gesicht, hatte ich das Gefühl, in einen Totenkopf zu blicken. Ich rief täglich bei der Kinderärztin an. Die Helferinnen wurden ungehalten. Am Freitagmorgen war ich die Erste am Telefon. Ja , die Ergebnisse seien da, aber Frau Doktor habe keine Zeit jetzt. Auf den ersten Blick ist alles in Ordnung, sagte die Helferin. Ich solle gegen Mittag wieder anrufen. Ich versuchte es gegen Mittag wieder. Kurz teilte man mir mit, daß Frau Doktor zu Tisch sei. Sie würde mich zurückrufen. *Unsere Frau Doktor* hatte ihre Praxis direkt im eigenen Haus und kochte wahrscheinlich gerade ein leckeres Tofugericht für ihre antiautoritär erzogenen Kinder. Ich rief ziemlich ungehalten und aufgebracht in den Hörer: "Ich möchte, daß sie mir sofort - und zwar sofort - die Frau Doktor Michel-Brettmann-Schäferle ans Telefon holen. Meine Tochter wird jeden Moment ohnmächtig. Bewegen sie sich, sonst sorge ich dafür, daß SIE die längste Zeit einen Arbeitsplatz hatten!!" Es dauerte eine Weile, dann wurde ich verbunden. "Brigitte-Sonja Michel-Brettmann-Schäferle??" "Frau Dr.? Reimann hier. Meiner Tochter geht es hundeelend. Ich will die Testergebnisse wissen. Das Wochenende steht vor der Tür. Wenn ich nichts unternehme, wird meine Tochter das Wochenende nicht überleben...." Ich war außer mir. "Frau Reimann! Ich muß ihnen mal was sagen. Ich hatte ihnen ja bereits vor einigen Wochen gesagt, daß ihre Tochter eine Therapie benötigt. Ich glaube, auch für sie wäre es sinnvoll. Sie machen durch *IHR* Verhalten ihre Tochter völlig verrückt. Ich hatte oft Kinder in der Therapie mit ähnlichen Auffälligkeiten. Der Knackpunkt war oft das Verhalten der überbesorgten Eltern. Aber gut. Ich habe mir vorhin die Ergebnisse flüchtig angeschaut. Da war - soweit ich es überblicken konnte - alles in Ordnung. Wenn ich heute Nachmittag in der Praxis bin, sehe ich noch mal genau nach. Nun beruhigen sie sich. DA IST NICHTS." Ich entschuldigte mich für meinen kleinen Ausraster bei ihr. Es tat mir alles so leid. Ich schämte mich, wahrscheinlich war ich doch hysterisch. Ich fuhr darauf mit dem Auto zu Veit und holte ihn von der Arbeit ab. Wir gingen ausgiebig einkaufen. Clara war zu Hause geblieben und wollte mit einer Freundin spielen. Wir ließen uns Zeit. Am frühen Abend kamen wir mit den Einkaufskisten beladen nach Hause, als uns Clara schon entgegengerannt kam. Sie sah schlecht aus. Schlecht ist gar kein Ausdruck. Furchtbar wäre angemessen. Sie war völlig außer Atem. Sie sagte: "Mama, ich werde verrückt. Alle drei Minuten rufen hier irgendwelche Leute an und sprechen auf den Anrufbeantworter. Irgendein Krankenhaus und irgendeine Ärztin. Auch Papas Chef hat angerufen und so ein Herr Meier." Ich ließ die Kisten stehen und stürzte die Treppen rauf. Ich sah an die dreißig registrierten Anrufe auf dem Band. Mir wurde heiß. Ich begann, daß Band abzuhören: "Frau Reimann! Ich bin es, Michel-Brettmann-Schäferle. Ich habe die Testergebnisse durchgesehen. Rufen sie mich bitte umgehend an." Klick. "Ich noch mal Frau Reimann. Ich habe das Krankenhaus angerufen. Sie müssen sofort mit Clara dorthin. Ich habe sie seit Stunden überall versucht zu erreichen. Auch bei ihrem Mann auf der Arbeit. Melden sie sich dringend oder fahren sie direkt ins Krankenhaus. Die wissen Bescheid - es ist alles vorbereitet." Klick. Danach folgten Anrufe von meinem Chef, Veits Chef, dem Krankenhaus, der Frau Dr. ... Ich rief die Michel-Brettmann-Schäferle an. "Gott sei Dank Frau Reimann! Also: Ich hatte recht! Clara hat doch eine Meningitis - wahrscheinlich. Der Neuroborreliosetest war auffällig. Fahren sie bitte sofort mit dem Kind zum Krankenhaus. Besser noch, ich lasse einen Krankenwagen kommen. Oder denken sie, daß sie es selber schaffen? Es muß jedenfalls schnell geschehen. Jede Minute zählt. Man, was bin ich froh, die im Krankenhaus waren auch völlig sprachlos, wie *ich* darauf gekommen bin." Wir fuhren ohne zu Überlegen los. Clara lag auf dem Rücksitz und wimmerte.

Man wartete schon auf uns. Eine junge Ärztin unternahm die Routineuntersuchung. Zwei Kollegen gesellten sich dazu. Immer wieder kopfschüttelnd unterhielten sie sich miteinander.

Die junge Ärztin sagte zu einem Kollegen: "Es ist nicht zu glauben. Sie kann sich bewegen, das Genick ist nicht steif und schau sie dir an, wie fit sie ist. Wenn sich das wirklich bestätigen sollte! Das wäre ja ein Ding. Wie ist die Brigitte-Sonja bloß darauf gekommen? Na ja, sie war schon immer ein Aß." Mir platzte gleich der Kragen. Wir hielten uns zurück. Direkt im Anschluß wurde ein Rückenmarkspunktion durchgeführt. Clara schrie die ganze Station zusammen. Sie bekam anschließend Medikamente und wurde auf ein Zimmer gelegt. Sie schlief sofort ein. Wir wollten bleiben, die ganze Nacht. Man sagte, daß dies nicht nötig sei. Wir blieben noch einige Stunden, fuhren dann aber doch nach Hause. Am nächsten Morgen rief man uns sehr zeitig an und bat uns schnell zu kommen, die Ergebnisse seien da. Mit betretener Miene und sich mehrfach räuspernd teilte uns der Stationsarzt mit: "Was wir schon *alle* vermutet haben, hat sich bestätigt. Clara hat sogar die vom Verlauf her schlimmere und gefährlichere Art der Meningitis. Es sieht nicht gut aus, ich muß ihnen das so ehrlich sagen. Sollte sie, wovon wir ausgehen, diese Krankheit in diesem fortgeschrittenen Stadium überleben, ist die Wahrscheinlichkeit groß, daß Folgeschäden bleiben. Es könnte - und ich sage bewußt - es könnte - sein, daß bereits das Gehirn angegriffen ist. Wieso kommen SIE denn erst JETZT? Sicher haben sie das doch viel eher schon festgestellt. Sollte Clara wieder gesund werden, haben sie dies wirklich nur der Frau Dr. Michel-Brettmann-Schäferle zu verdanken."

Ich weiß nicht mehr , was ich genau gesagt habe, ich weiß nur, daß es gut ist, daß ich mich heute daran nicht mehr erinnere. Dem Stationsarzt verging zumindest Hören und Sehen. Er verabschiedete sich kurz und beim Hinausgehen sagte er: "Rechnen sie mit dem Schlimmsten und hoffen sie das Beste."

Clara verblieb fast fünf Wochen im Krankenhaus. Die Ausstattung und die Versorgung dort waren eine Katastrophe. **Sie hatte überlebt und nur das war wichtig.** Ich überlegte, ob ich die Kinderärztin anzeigen sollte. Der gesamte Prozeß hatte sich vorher fast ein halbes Jahr hingezogen und nur auf mein Drängen hin, hatte sie etwas unternommen.

Ich traute den Ärzten nicht und wendete mich nach Wien zu einem der bekanntesten Virologen. Es war ein "alter" Professor. Er war eine Bereicherung. Er machte mir Mut und bestätigte die Behandlungsmethoden im hiesigen Krankenhaus, da mir das Personal dort sehr inkompetent erschien. Man hatte im Vorfeld so einen Fall damals hier noch nicht erlebt und holte sich ständig Ratschläge aus anderen Kliniken. Ich war verunsichert. Der Professor bedauerte sehr, daß wir uns nur telefonisch kennenlernen konnten. Wochen später, als Clara wieder zu Hause war, rief ich ihn noch einmal an, um mich von ihm "zu verabschieden" und mich bei ihm zu bedanken. Er sagte zu mir: "Frau Reimann, sie sind eine ganz besondere Person. Ich habe selten jemanden in ihrem Alter kennengelernt, der so tapfer und besonnen sich mit diesen Dingen auseinandersetzt. Sie sind schlau und wissen, was sie wollen. Ich bewundere sie. Wenn sie zufällig mal in Wien sind, würde ich mich sehr freuen, wenn sie einfach mal bei uns reinschauen." -

Während der Zeit, die Clara im Krankenhaus verbrachte, bekam sie kaum Besuche, außer von uns natürlich. Eines Nachmittages, kam uns zufällig Frau Einzigartig auf dem Parkplatz des Krankenhauses entgegen. Sie hatte jemanden besucht. Sie grüßte uns und erkundigte sich nach Claras Zustand. Später erzählte ich Clara, daß ich ihre Lehrerin getroffen habe. Clara sagte: "Ich weiß. Frau Einzigartig war heute bei mir. Übrigens gestern und vor 3 Tagen auch schon."

Mein Chef hatte kein Verständnis für diese Situation. Er verstand nicht, daß ich keine Überstunden mehr machte und an den Wochenenden nicht mehr "einspringen" konnte. Mittlerweile hatte ich einen Festvertrag. Ich bekam eine Abmahnung. Ich muß erwähnen, daß ich während der gesamten Krankenhauszeit täglich gearbeitet hatte. Früh war Veit bei Clara und nachmittags "löste" ich ihn ab, nach meiner Arbeit. In dieser Zeit hatte ich Tag und Nacht anonyme Anrufe. Ich war erst nach Claras Entlassung zu Hause geblieben und hatte mich zur Pflege meines Kindes krank schreiben lassen. Ich erhielt einen Anruf aus dem

Krankenhaus, unmittelbar danach. Es war der Stationsarzt. Er teilte mir zu meiner Information mit, daß ein älterer Herr bei ihm gewesen sei und sich nach dem Krankheitsverlauf unserer Tochter erkundigt habe und vor allem danach, wie lange es nötig sei, wenn überhaupt, danach das Kind zu Hause zu belassen. Der Stationsarzt habe ihm die Auskunft verweigert. Danach seien Anrufe bei ihm angekommen, wo wieder ein Herr, der sich für meinen Vater ausgab, ihm die gleichen Fragen am Telefon stellte. Eines Morgens klingelte mein Chef an meiner Tür. Er hatte einen riesigen Blumenstrauß und Süßigkeiten für Clara dabei. Er wolle sich mal erkundigen, wie es *unserer* Patientin so ginge. Als er wieder gegangen war, sagte Clara zu mir: "Du Mama, den Mann kenne ich. Vom Krankenhaus." Ich fragte sie: "War er bei Dir? Bist du dir sicher?" "Nö, bei mir nicht, aber der lief immer auf dem Gang auf und ab und hat mit den Schwestern geredet." Ich fuhr direkt ins Büro und stellte ihn zur Rede. Er wurde hektisch und nahm seinen Asthmaspray. Er antwortete lässig: "Ja, das stimmt Frau Reimann. Schließlich ist das mein gutes Recht. Ich habe einen kleinen Betrieb und muß sehen, daß der Laden läuft. Da kann ich es nicht zulassen, wenn mir *meine* Sekretärin vielleicht irgendwelche Lügen auftischt. So schlimm kann es doch gar nicht sein, daß sie jetzt noch immer zu Hause sind. Ich habe mich da mal erkundigt. Wenn die Therapie im Krankenhaus abgeschlossen ist, sollte man davon ausgehen, daß das Kind, oder der heilige Geist oder der Nachbarshund oder wer auch immer!! - wieder hergestellt ist." Daraufhin kündigte ich fristlos. Er akzeptierte die Kündigung nicht. Täglich bekam ich Briefe, die gleichen Zeilen als Fax, als Einschreiben/Rückschein usw. Er belästigte mich am Telefon. Er zahlte meine zwei ausstehenden Gehälter nicht. Unsinnige Korrespondenz in zig-facher Aus-

fertigung jeden Tag. Seine ehemalige Sekretärin rief mich
an. Sie wäre nun für mich eingesprungen, wolle aber sehen,
daß sie in den Vorruhestand käme. Beim Aufräumen habe
sie etwas gefunden. Wir trafen uns und sie überreichte mir
einen Ordner. Es war eine Art Tagebuch. Herr Meier führte akribisch Tagebuch über mich. Stündlich und täglich li-
stete er auf, wann ich zu Hause war. Er muß auch mehrfach an meinem Haus gewesen sein, denn er beschrieb
sogar, wann bei mir abends das Licht ausging. Ich kopierte
mir diese Mappe und zeigte ihn an. Er mußte zahlen, zumindest meine Gehälter. Für alles Weitere fehlte mir die
Kraft.

Jahre später habe ich von seinem Bruder erfahren, daß
Herr Meier seit Jahren in der Psychiatrie in einer geschlossenen Abteilung lebt.

... Und alles wird gut ...

Die Ereignisse der letzten Monate und Wochen führten dazu, daß ich einen Nervenzusammenbruch erlitt. Das Bewußtwerden und die Trauer, daß Clara beinah gestorben wäre, kamen erst viel später. Die Angst eines Rückschlages blieb. Ich konnte und wollte die Verantwortung für sie und unser weiteres Leben nicht mehr alleine tragen. Ich brauchte Veit an meiner Seite. Er zog wenig später bei mir/uns wieder ein. Wir waren nicht das verliebte Ehepaar, was sonntags händchenhaltend spazieren ging, aber es erleichterte die Finanzen und die Alltagsorganisation enorm. Wir einigten uns, bezüglich der Erwartungen und Vorstellungen und auch der Wünsche unserer neu gewonnenen Zweisamkeit. Claras Krankheit hat mich zurückgebracht aus meiner verschleierten Trauerzeit um die Beziehung und den Menschen Raimund Brauer in die Realität, die, ohne Clara, keine Zukunft gewesen wäre, mit Raimund oder ohne ihn. Der Schmerz über den eventuellen Verlust unserer Tochter war exorbitant, so sehr, daß ich darüber den Verlust und die Demütigung und die Wunden, die Raimund mir zugefügt hatte, vergaß. Das Leben mit Veit, dieser Alltag, diese immer gleiche Monotonie, diese Gewohnheit, Gleichmäßigkeit und Harmonie, führten damals dazu, daß ich meinen Mann verlassen hatte. Es hatte mir nicht genügt. Es war eigentlich genug, aber zu wenig für mich. Als ich diesen *gottverdammten* Alltag endlich täglich wieder hatte, wußte ich plötzlich, was mir in den letzten Jahren und in der Beziehung mit Raimund gefehlt hatte. Es ist diese innere Ausgeglichenheit, die Geborgenheit und der Frieden und das Wissen, daß beide Partner in die gleiche Richtung schauen, und daß das Versagen und die Fehler entschuldbar sind.

Einige Jahre später zogen Veit, Clara und ich in eine andere Wohnung. Beim Ausräumen fand ich Raimunds Briefe. Ich las sie mir durch, nicht ganz ohne Wehmut. Ich rief ihn einfach an. Es waren fast sieben Jahre vergangen. Er war interessiert zu hören, wie es mir geht und er war vor allem froh, von mir zu hören. Wir telefonierten regelmäßig in größeren Abständen. Nach einiger Überlegung beschlossen wir, uns nach dieser langen Zeit zu treffen. Von ihm kam der Vorschlag, daß wir uns - wie damals - im Bergischen treffen. Gleicher Ort, gleiche Tageszeit.

Ich war natürlich wieder viel zu früh da. Wahrscheinlich war er noch nicht einmal losgefahren. Als ich auf den Parkplatz kam, war auch er schon da. Er hatte von seiner damaligen Attraktivität und Ausstrahlung nichts verloren. Ich erhoffte mir von unserer Begegnung, daß sie dazu führt, daß ich endlich Klarheit bekam, ob diese verhängnisvolle Beziehung und der damit vollzogene Wandel meines Lebens, sinnvoll oder sinnlos war. Es war ein wunderschöner Tag. Wir schwelgten in Erinnerungen und es gab wieder diese Momente, diese kurzen Augenblicke während unserer Unterhaltungen, diese Blicke und dieses Verstehen, diese Sekunden, die damals Auslöser waren, daß wir uns beide verloren - einst. Während unserer Beziehung fühlte ich mich an seiner Seite zwar fantastisch, aber immer alt und überlegen, obwohl er einige Jahre älter ist. Das war jetzt nicht mehr so. Ich fühlte mich frei und jung. Jünger, als ich es damals war. Als wir uns verabschiedeten, war keine meiner Fragen verbal beantwortet. Er stieg bereits in seinen Jeep *(der noch eine Nummer größer war, als der letzte)*, als ich ihm hinterherlief und ihn aufhielt. Ich wußte diesmal ganz bestimmt, es war die letzte Chance, meine Fragen beantwortet zu bekommen. Er stand da, hilflos wie immer, faselte, daß er (wieder mal) eben einen beruflichen Neuanfang startete. Ich fragte ihn, ob er nicht auch fühle, daß dieses Champagnergefühl noch immer zwischen uns prickelt. Er nahm mich in die Arme und drückte mich fest an sich. Es tat weh. Er fing mich an zu küssen. Er begann zu weinen und sagte: "Ich habe nie vergessen, wie DU dich anfühlst. Verdammt, ich wußte es, daß du dich so anfühlst."

Als ich auf der Autobahn war, war ich glücklich. Nicht, weil ich IHN wiedergesehen hatte. Diese zwei Sätze, waren Entschädigung für alle Jahre, die ich gelitten habe. Ich war glücklich und frei und fuhr zu meinem Mann. Ich wußte, daß meine Entscheidung, Veit damals für dieses Gefühl zu verlassen, richtig war. Und ich wußte auch, daß ich, wäre ich in der Situation heute, es immer wieder machen würde. Ich hatte mich nicht getäuscht und meine Ehe aus einer Laune heraus aufgegeben. Ich wußte, diese Liebe damals war authentisch. Und ich wußte weiter, daß ich nie mehr das Bedürfnis haben werde, Raimund wieder zu sehen.

Veit und ich fuhren wieder gemeinsam in Urlaube, besuchten oft unsere alte Heimat und wer weiß? Vielleicht gehen wir dahin zurück. Gemeinsam? Aus unserem Arrangement und unserer freundschaftlichen Beziehung entwickelte sich wieder eine tiefe Liebe, sicher, eine andere Art von Liebe. Eine Basis, ein Fundament, was auf sicherem Boden gebaut ist und Freundschaft ist ein Bestandteil unseres *Hauses*.

Ich war überzeugt, daß die Emotionen, die ich damals entwickelte, nicht zu überbieten seien, nicht mehr für mich, nicht mehr in diesem Leben.

Ich hatte mich geirrt.

Erstens kommt es anders.
Zweitens als man denkt.
Drittens kam es anders.
Und viertens, als ich dachte.